JOURNAL
D'UN PSYCHOTRONIQUE

Sur l'auteur

Né à Montréal en 1972, Aleksi K. Lepage écrit depuis qu'il connaît l'alphabet, sans autre ambition ni projet que de s'amuser avec les mots. Cette lubie et quelque hasard l'ont mené au journalisme culturel, à la chronique et à la critique, dans les pages du quotidien *La Presse* notamment, où il a sévi pendant plus de quinze ans. *Journal d'un psychotronique* est son premier roman ramassé et publié, mais ses tiroirs sans fond débordent d'ébauches en tous genres.

Aleksi K. Lepage

JOURNAL
D'UN PSYCHOTRONIQUE

Roman

NOTAB/LIA

Regarde, maman ! Un premier roman !

Ma nature entière se révolte absolument à l'idée qu'il y ait dans l'univers un être supérieur à moi.

Edgar Allan Poe

Quand on n'a rien de certain devant soi, au moins le nécessaire, il n'est pas possible de mettre sa vie en ordre. Avec rien, on ne fait rien.

Wolfgang Amadeus Mozart

Avril

Certains individus font de l'effet. On dit d'eux qu'ils dégagent, qu'ils en imposent, qu'ils en déplacent, que leur magnétisme naturel nous inspire les plus nobles sentiments, que leur seule présence en quelque endroit apporte chaleur et lumière, qu'à leur contact, à leur simple passage, tout s'éveille, les chiens, les chats, les plantes, la vie. De ces personnes on dit aussi qu'elles irradient, resplendissent, qu'elles sont comme des soleils. J'aimerais être tel, vraiment, j'aimerais avoir ces prédispositions, ce pouvoir d'attraction, d'irradiation, être un soleil-vivant et resplendir à tout vent. Mais, à l'inverse, depuis toujours j'ai l'impression de plutôt n'inspirer, de plutôt n'expirer, enfin de plutôt ne respirer que du vide, de plutôt n'attirer que du rien, d'en créer autour de moi, de repousser tout, tous et toutes comme un aimant renversé. Quel est l'exact contraire d'irradier ? *Assombrir*, disons. Où que j'aille, les choses se voilent, cessent mystérieusement de se produire et, si je me mêle de prendre la parole, les gens regardent leur montre. Je pourrais le jurer : ma présence provoque le ralentissement, jusqu'à l'interruption momentanée des événements, *je suis* une masse nuageuse, *je suis* une panne de courant. Je l'ai remarqué plus de cent fois, c'est une tare, c'est peut-être inné, inscrit dans mes codes : il ne se passe presque rien là où j'apparais, et moins encore quand j'y reste un peu. On m'invite pourtant, là-bas, chez eux ou ailleurs. Je suis un individu sinon sollicité, au moins bienvenu, apprécié même, pour mon « humour décalé », mon « sens de l'autodérision » ou je ne sais trop quelle qualité de consolation. J'ai souvent dit oui, j'ai joué le jeu des gens, avec eux et de bon gré. Mais, où que j'aille, où que je sois hors de chez moi, tout stoppe, le temps se fige, l'ennui s'installe, emplit les âmes, hante l'espace. Mieux vaut retourner en mes grottes et tanières. Comment rendre, avec des mots, ces pauvres mots, à quel point je me sens seul ?

Seul, non ! Je ne suis pas seul mais unique ! Je suis l'Unique, avec le U, l'Unique de Max Stirner, ce petit Nietzsche avant Nietzsche ; je suis égoïste, mais égoïste de conviction, mégalo de combat, envers et contre tout ce qui s'oppose à Moi, envers État, religion, morale, principe, justice, loi, goût : *Pour Moi, il n'y a rien au-dessus de Moi.* En voilà une pensée tonifiante et masculine ! J'y croyais, j'y ai cru, j'ai déjà eu 27 ans, je n'y crois plus tellement, je suis devenu sobre, et je suis depuis désespérément nombreux et dispersé, pourtant plus isolé que jamais. Moi, l'Unique, fier et battant, m'en suis allé avec Stirner, Nietzsche, Schopenhauer et même ce rutilant Cioran. J'ai coupé tous les ponts avec ceux-là, avec moi-même, privé d'alcool, et je suis sans ami, sans envie, je n'ai plus d'intérêt et je ne veux plus d'Internet. De ça aussi je dois me purger. Le Net, le Web, la Toile, le gâchis. De toute façon, je suis à court de moyens, je n'ai droit qu'aux commodités basiques – et bas débit – du service de câblage le plus *cheap*.

Que je sois maudit ! Mais je n'ai pas fait exprès. Je n'avais pas l'intention de reprendre ce journal intime, laissé aux ronces depuis une dizaine d'années, soit un gouffre. La vérité, stricte et humiliante, est que j'avais amorcé ce journal après avoir consulté une personne compétente, un psy, lequel, en vue d'apaiser mon tourment, m'avait proposé cette forme d'exutoire qu'est l'écriture pour soi et rien que pour soi. Il m'avait aussi encouragé au chant choral, au fusain et au taekwondo. Mais certaines lectures récentes, dont l'égotiste Henri-Frédéric Amiel, acharné à l'introspection, et quelques conversations de nature spirituelle avec une amie, m'ont incité à y revenir. Mon journal m'a alors paru important, je me suis rendu compte de sa « valeur », et j'ai voulu le reconquérir. Puis des événements perturbateurs, littéralement extraordinaires, m'ont convaincu : je dois retrouver ce journal, le tenir et l'entretenir avec constance et esprit de sérieux. Par devoir, par humanité s'il m'en reste. *Je n'ai pas le choix*. Il me faudra, il me faut déjà, le temps pressant, *témoigner de l'Histoire*. Ce n'est pas une blague. Pour Moi, il y a désormais quelque chose au-dessus de Moi. Au-dessus du reste, aussi.

Mon sommeil est agité depuis des semaines, semaines de disette mortifère, et je me lève passé midi, de sorte que je ne m'endors qu'à l'aube, en proie à l'angoisse ou à l'hébétude. Pas l'intention de renouveler mon ordonnance de benzodiazépine ; ce médicament, par ailleurs efficace, anéantit toute pulsion, coupe la soif il est vrai, mais fait bander mou. Il n'y a rien d'intéressant, la nuit venue, depuis que je suis seul et pénitent. À quoi bon veiller ? Veiller sur qui ? Veiller sur quoi, et avec quoi ? Pour souhaiter quel ensorcellement ? Parfois, je me demande aussi à quoi bon m'agiter de nouveau, sortir de mes draps et affronter encore une autre journée sans mon fuel éthylique. Je n'ai pas de travail. Personne n'a besoin de mes services, nulle part, ni de ma compétence, ni de ma sympathie, ni de ma tendresse, ni de mes caresses, ni de mes idées, ni de mes mots, encore moins de ceux-là. J'ai ramassé un minimum d'énergie pour écrire ici, pour relire même ce journal au complet, depuis les premiers « cher journal » des années 90 jusqu'à cet exercice de témoignage. Mais je n'en tire rien que malaise et mépris de soi. En vérité, sans boisson je m'emmerde absolument et je ne trouverais rien à dire à personne, les mots ne venant plus à mes lèvres. Sans alcool, tout me paraît écrasé, de trop, et plus rien ne m'atteint qui pourrait me distraire de la soif. Je me saoule à grandes tasses de tisane à saveur de « Bonne Nuit » et je reste scotché à la télé, quand je ne sors pas pour me délier un peu les jambes. Non, je n'avais pas l'intention sincère et sentie de reprendre ce journal qui me pèse déjà, qui m'a toujours abattu, que je ne veux plus alimenter, qui devrait s'en aller de lui-même, «voler de ses propres ailes» et devenir, après devoirs, le scénario d'un court-métrage affreusement prétentieux. Je repique tout de suite, presque tel quel, un extrait du *Journal* de Henri-Frédéric Amiel. Tout est là, c'est bien Moi: «J'use en longs soliloques le temps et les forces qui, employées ailleurs, m'auraient permis d'être utile. Le métier d'écrivain me paraît à peu près impossible, la pensée du public me paralyse. L'élan, le souffle, la préoccupation conquérante du but à atteindre me font totalement défaut. La funeste routine du retour sur soi-même se traduit en piétinement intellectuel; on relit vingt fois une ligne avant d'y souder la suivante, l'anxiété de mal faire finit par ôter le moyen d'agir.» Ma vie, je n'ai pas la fougue ni le talent de la raconter, de l'écrire pour d'autres, pour *vous*, de la réinventer, de la mettre en scène, enfin de jouer avec; ma vie, donc, comme à peu près tout le monde je me contente de la vivre à défaut de pouvoir en faire une bonne histoire. Et puis…

Et puis… Les événements saillants de l'actualité ne devaient pas trouver leur place ici, dans ce défouloir égocentrique et monomaniaque. Mais, disais-je, je me sens obligé de témoigner, sur le vif, de faits incroyables, prodigieux. Voici, je lâche le morceau, à mes risques et périls: depuis bientôt

six heures, à peu près toutes les chaînes de télévision, locales, nationales et même au-delà, diffusent
en boucle les images hallucinantes de cet énorme
objet flottant, suspendu comme par magie et dans
le plus grand silence au-dessus du Stade olympique
de Montréal. À quelques enjambées de chez moi !
Personne ne l'a vu venir, il est apparu par magie,
comme l'oiseau dans le chapeau. La chose, qu'on
dirait à la fois solide et brumeuse, de couleur brun
diarrhée, qui ne diffuse aucune sorte de lumière,
ferait d'abord penser à un large nuage gorgé de
gadoue, nuage épais et lourd, bizarrement compacté
et comme hérissé de brindilles. Ou encore à une
tourbière géante, pour ne pas dire à un gigan-
tesque et vaporeux tas de fumier. Mais ses contours
arrondis, spectaculairement découpés et définis,
évoquent tout de suite une soucoupe volante. Je
viens de l'écrire, tel quel, je ne peux plus reculer.
Soucoupe volante. Est-elle occupée par des êtres
vivants ? Téléguidée de loin par l'Empire galac-
tique ? Est-ce un gros paquet d'immondices largué
hors des égouts de l'Étoile de la mort ? Ce pourrait
être une sonde, un satellite, une arme expérimentale
et secrète de l'ex-Union soviétique réchappée des
dépotoirs militaires. On n'en sait trop rien. L'objet,
inerte, grossier, « échevelé », lévite tranquillement
à moins de cent mètres au-dessus du stade, joli
nid aux formes appropriées. Jamais, de toute ma
misérable existence, jamais je n'ai été abaissé et
contrarié d'une telle façon. En pareilles circonstances, *comment puis-je encore parler de Moi et rien*

que de Moi? De mes allées et venues, de mes faits, gestes, réticences et tergiversations, de mon petit attirail, mes affaires et mes collections, de mes lectures, d'Amiel, de mes déplaisirs, de mes vices, de mes embarras, de mes vexations? Je trouverai, je trouverai, je trouve, je trouve. Patience, patience, il y aura combat, certainement, et à finir.

Mais, en attendant, n'est-ce pas fabuleux? N'est-ce pas terriblement excitant? Juste ciel! M'y voici, Moi, en ce fameux soir du 10 avril, date historique à marquer d'une pierre blanche. *J'y suis*, en ce moment, en ce soir du 10 avril après lequel, c'est certain, c'est sûrement écrit et déjà sous presse, *le monde ne sera plus jamais le même et les choses ne seront plus comme avant.* Fabuleux, excitant, de quoi célébrer. Et il me semble que tout cela ne peut se passer d'un brandy. Ou d'un whisky. Il me semble que tout cela ne saurait se priver d'un scotch, d'un gin, d'un cognac, d'une grappa, d'une rousse. Il me paraît évident que tout cela *a besoin* d'un verre, que tout cela *nécessite*, au moins, une bonne bière. J'y pense et mon gosier mouille. Ah! J'aurais dû choisir la coke parmi les drogues. Qu'on m'en donne donc, de cette poudre d'escampette, et je chierai des thèses! «De la chute de ceci» au «Déclin de cela», de «La défaite de cela» à «La mort de ceci». Déclin de l'Empire, chute des idées, défaite de la pensée, mort des intellectuels, etc. Un essai gros comme ça, pesant, intimidant. Qu'on m'en donne, de la coke, et je pondrai une saga romanesque en douze tomes, on en fera un film, une série télévisée, des sites Web, je deviendrai millionnaire à 40 ans. Une grosse saga «sur fond de». Comme aux lendemains du 11-Septembre : la poussière n'était pas retombée, les corps recensés que, déjà, des milliards d'écrivaillons pondaient leur saga «sur fond de 11-Septembre». Ils nous refont le coup à chaque tressaillement de l'Histoire : roman sur fond de révolution, sur fond de dictature, sur fond de puritanisme, d'esclavagisme, sur fond de Reich, sur fond de guerre mondiale, sur fond de goulag, de fournaises, de Vietnam, sur fond de Reagan, de Bush, de bombe nucléaire, sur fond d'Église et de grande noirceur, sur fond de déluge ou de tremblement de terre, sur fond d'Octobre 70, de Mai 68, de place Tian'anmen, de mur de Berlin, de Bataclan et, dès demain, sur fond de 10-Avril, sur fond de soucoupe volante et – hasard commode et charmant – sur fond de Montréal. C'est étrange, je me rends compte que j'en ai assez écrit «sur fond de Moi», aujourd'hui, et ce fond-là est très creux. Une infusion de «Bonne Nuit» et au lit. Un jour à la fois, mon Dieu…

* * *

Me suis levé avec misère après une longue suite de rêves entremêlés, dont ce dernier, particulièrement affligeant, où je me trouvais coincé dans l'ovni transformé en discothèque rétrofuturiste, avec *blacklights*, designs fluo et rythmes tribaux. Des cohortes de jeunes *millennials* s'y étaient agglutinées pour festoyer et danser à la gloire passée des *nineties* et des *raves*. Au sortir de cet étourdissant cauchemar, j'étais convaincu, je ne sais pourquoi, que je devais me procurer *dès aujourd'hui* un lecteur de disques compacts «pendant qu'il en est encore temps»... Je m'étais d'abord éveillé une première fois, vers les sept heures, pour aller pisser avant que de me recoucher vite fait. Blotti dans mes couvertures encore moites de sommeil, je prenais pleine conscience de l'absoluité de mon bien-être physique et moral : «Je suis bien, ici, là, maintenant, j'y resterais jusqu'aux soldes des siècles, et il faudrait une catastrophe pour m'en tirer.» J'avais déjà presque oublié cette maudite affaire d'objet volant non identifié...

Vérification faite à la télé, la grosse masse ronde et brune, venue du fond des âges et des constellations, ne s'en est pas allée avec le mauvais avril. On la voit très distinctement. Elle stagne ce midi dans notre ciel azur, éclatante sous le soleil, trop vraie, trop vraiment là, trop kitsch, comme un trucage numérique. J'essaie de prêter une oreille attentive aux commentaires énervés des journalistes, reporters et experts en tous genres spécialement dépêchés, dont des météorologues, des profs d'astrophysique, des politiciens, des militaires, le chef de la police. Et le maire, bien entendu, preux et paternel, évoquant mesures exceptionnelles, périmètres de sécurité, opérations et déploiements tactiques coordonnés du SPVM, de la Sûreté du Québec, des forces armées canadiennes et américaines, etc. Tout ce babil techno-pratique m'étourdit et m'assomme, j'en bâille tout grand jusqu'aux larmes.

Mes voisins immédiats, ceux du dessous et du dessus, de tous bords tous côtés, piétinent de long en large et parlent fort, télés et radios à plein volume. J'entends, dehors, en sourdine, les sirènes et les coups de klaxon des ambulances et des voitures de police, les alarmes antivol, le ronron des hélicoptères à l'affût, le raffut éloigné des avions militaires, la cacophonie générale des signaux d'appels. Et la sonnerie du téléphone, le mien, modèle à cadran vintage 1980. Trois fois de suite. On pense à moi : mes parents, un camarade de désespoir, un agent de recouvrement. Je ne suis là pour personne. Et il n'est pas question que j'ouvre Internet. Au loin aussi retentissent sporadiquement – et on se demande bien pourquoi de telles mesures – les appels graves et lugubres des cornes de brume (ou autre modalité de signalisation maritime) lancés par les gros navires marchands amarrés au port. J'imagine peut-être cela. Je me fais des histoires de frayeur urbaine, alors que, en vérité, sans doute, les citadins ne sont pas si affolés, un peu agités seulement, d'où ce boucan ; ils ont besoin de faire du bruit, comme en toute circonstance exceptionnelle. En fait, il n'y a pas plus de vacarme là-dehors qu'au temps des festivals, des feux d'artifice ou des séries de la Coupe Stanley. Ça passera, je le devine.

Je suis allé marcher dans les rues surévaluées du chic Plateau-Mont-Royal, apparemment presque vidées de leurs habituels parvenus et de ces «réfugiés» parisiens fraîchement assermentés et qui prennent encore les Québécois pour un peuple un peu paysan et plein de fantaisie. J'ai vu un char d'assaut gris-techno bloqué par les cônes de chantier – ces fameux chapeaux de Lübeck, plus communément nommés «maudits cônes orange» – au coin des rues Marie-Anne et Papineau où des travaux de plomberie municipale sont en cours depuis à peu près quatorze mois. Inquiets et fâchés, des quidams s'assemblaient autour du tank: «Qu'est-ce qui se passe? C'est l'état d'alerte? Personne ne nous dit rien! C'est vraiment une invasion? C'est vraiment la guerre? C'est déjà commencé?» Posté à la tourelle, un brave soldat kaki, mitraillette en bandoulière, tentait de calmer les ardeurs de l'attroupement citoyen: «Non, non, ce n'est pas la guerre. Ce sont des opérations de repérage du régiment blindé. Mais les rues sont barrées à cause des trous et on est coincé ici. Veuillez obtempérer, veuillez dégager.» J'ai voulu obtempérer et dégager, justement, mais un petit peloton de clowns sorti de nulle part est arrivé sur les lieux, en un rang, s'ajoutant à la grappe de piétons. Des disciples de Krishna, chauves et louchement attifés. Je n'avais jamais vu, depuis le crépuscule du XXe siècle, autant de ces apôtres végétariens de la Très Parfaite Connaissance déambuler dans les rues. Je les aurais oubliés, ils se faisaient rares, ne se montraient plus, se cachaient, comme honteux et démodés. Ils ont disparu en même temps

que les renifleurs de colle industrielle, ces toxico-
manes sans moyens qu'on voyait déambuler dans
les ruelles, le nez enfoncé dans un sac de papier,
s'enivrant d'effluves chimiques à chaque inspiration. Et ce midi, rue Papineau, ces krishnas étaient
plus d'une quinzaine, tous accoutrés, comme il se
doit, de robes et de toges roses et jaunes, tous chan-
tonnant à l'unisson au rythme de leurs clochettes
ésotériques :

Hare Krishna, Hare Krishna
Krishna Krishna, Hare Hare
Hare Rama, Hare Rama
Rama Rama, Hare Hare

Kyrielle pacifique, oisive et souriante. J'étais ravi,
presque aux anges ou au nirvana. Qu'on abandonne
donc enfin ce monde défectueux, branlant et vicié
aux amis de Vishnou. Ou de Yahvé, de Bouddha,
qu'on l'abandonne carrément au tao. Ou même à
Allah, qu'il le couvre de son ombre, une fois pour
toutes.

* * *

Réveillé à l'aube, c'est-à-dire aux heures pro-
létaires, avec une violence inouïe, par le vacarme
des pelles mécaniques et des marteaux-piqueurs
défonçant l'asphalte tout juste là, en face du bloc
d'appartements où je gîte et gis. C'est incroyable :
ces solides gaillards de la construction, d'habitude

si peu vaillants et qu'on voit folâtrer autour des chantiers sans rien faire, les voici à l'ouvrage comme si de rien n'était, comme si ce jour était un mardi ordinaire, un habituel «jour ouvrable». Le plus inquiétant étant que tous ces gens à la besogne, tous ces corvéables sur les chantiers, les routes, dans les tours à bureaux, les magasins, *veulent* travailler quoi qu'il advienne, respectant docilement, comme des ânes, la première malédiction divine : *À la sueur de ton front*, etc. J'attends sans y croire le jour où ils iront rôder ensemble dans les rues et clamer : «Donnez-nous de l'argent!» Stirner avait raison, les pauvres sont coupables de l'existence des riches.

On relate à la télé des choses intéressantes et même étonnantes à propos de l'ovni tourbeux : comment, techniquement et pratiquement parlant, l'aborder. Il semble très difficile, voire impossible, de s'approcher de la soucoupe. À deux ou trois centaines de mètres d'elle, dit-on, les hélicoptères rebroussent chemin, sans raison apparente, sans avertir personne, sans en avoir reçu l'ordre. Interrogé par les journalistes, un pilote bredouillait pour toute explication, visiblement hébété : «Je n'ai pas pu y aller. Ça ne me tentait pas. Plus j'approchais de la chose, moins ça me tentait. J'ai fait demi-tour. Ça ne me tentait vraiment pas de me rendre là. Non, je n'avais pas peur. Ça ne me tentait pas, c'est tout. J'étais comme fatigué et je m'ennuyais. Alors j'ai fait demi-tour, machinalement. C'était bizarre. Ça ne m'intéressait pas. Je n'arrivais pas à avoir envie d'approcher.» Je rapporte ici les propos de l'officier franco-manitobain Tom Savoie, tels qu'entendus, presque mot pour mot, à la télé et à la radio. Pour justifier leur retrait, d'autres pilotes et aviateurs ont aussi invoqué, en français comme en anglais, et en des termes généralement flous, une «apathie soudaine», un «vague déplaisir anticipé», une «faiblesse de la volonté» (le mot *acrasie* a été prononcé, que je ne connaissais pas et que j'ajoute à mon baluchon), enfin un «irrépressible abattement moral mais sans détresse dépressive». Ces soldats, d'une arriération incompréhensible et indigne de leur noble et virile fonction, seront sans aucun doute sermonnés, peut-être même jugés et sanctionnés par l'état-major pour insubordination et manquement au devoir. Pourtant, quel exemple magnifique du *non-agir* ils nous proposent ! Tout cela donne matière à réflexion et à méditation. À présent, c'est d'un gros joint que j'aurais besoin, d'une bouffée d'oubli. Est-ce bien dit ? Est-ce bien écrit ? Est-ce les bons mots ? Prenez un livre, n'importe lequel, un livre que vous aimez, même, que vous avez lu, relu, celui du chevet, celui des vacances, *Le Livre des morts tibétain*, *Cinquante nuances de Grey*, *Les Aventures de Tintin*, *La Nausée*, *Le Seigneur des anneaux*, *L'Étranger* ou la biographie de Steve Jobs ; prenez un livre, ouvrez-le au hasard et lisez. Attentivement, avec vigilance et suspicion : vous y trouverez immanquablement, au détour de chaque phrase, une saleté, une rognure, un mot laid, un mot qui vous déplaira, et vous ne saurez pas pourquoi. *Vous ne saurez pas pourquoi.* Personnellement, je hais, entre mille, mais dans ce cas-ci pour des raisons qui me paraissent évidentes, rien qu'au son, le mot «diariste». Il paraît que la personne, l'individu, trouve et prend sa place dans l'univers par ce qu'il fait, qu'il se définit par ses actes, ses occupations, son métier, sa profession, enfin son boulot. Selon cette idée, l'individu *est* banquier, il *est* notaire, avocat, docteur, plombier, conseiller financier, pute, poète, etc. Cela revient à dire que s'il ne fait rien, il *est* rien. Alors je suis obligé de dire, faute de mieux, que *je suis* diariste, mot puant aux connotations fortuitement excrémentielles. «Diariste», à honnir, à bannir, à jeter et remplacer («journaliste» était déjà pris). Je ne voudrais jamais qu'on me demande ce que peut bien fabriquer dans la vie un *diariste*, en quoi consiste le travail d'un *diariste*, quels sont ses matériaux... Si les mots du labeur ne m'inspiraient pas tant d'horreur, je lâcherais probablement une formule prétentieuse du genre: «Mon outil de travail, c'est Moi.» *Outil? Travail?* Bonté divine! Jamais de la vie!

Tout concourt à saboter mon voyage introspectif. Je hais ce lecteur imaginaire et pourtant casse-pieds, celui-là qui lit par-dessus mon épaule à mesure que j'écris. Et qui juge, condescendant: «Le voilà qui s'essaie à la littérature, comme c'est charmant.» Pire: «Le voilà qui farfouille dans le dictionnaire des synonymes, vilain garnement.» Ce lecteur ou cette lectrice prend parfois les traits caricaturaux d'un professeur, souvent ceux d'un critique littéraire à l'air typiquement sévère, d'un écrivain chevronné, d'un auteur mort, Léautaud par exemple. Il y a ce portrait photographique de Paul Léautaud sur mon petit bureau, un de ces portraits en cartes postales qu'on vend dans les grosses librairies commerciales. J'ai aussi les portraits de Duras, Artaud, Cocteau, Céline, qui ont avec Léautaud ce point partagé : je ne les ai pas lus. Je ne les connais finalement que de nom et de visage, autant de sales gueules. Léautaud le premier, qui fait penser à un clochard agressif réchappé de la Maison du Père. Je ne le lirai jamais, ni lui ni Dostoïevski, ni des tas d'autres qu'on dit qu'il faut lire ou, mieux, avoir déjà lu. Proust. Qu'il doit être bon de pouvoir dire : « Ah ! Il est temps que je relise Proust ! » Enfin, ce lecteur ou cette lectrice fantôme, qui me prend avec raison pour un amateur, qui tolère mal la faute de frappe et que la faute de goût répugne, ne cesse pas de me décourager, en admettant que je ne sois pas déjà dépourvu d'allant. Il m'en faut. Je veux écrire mon journal, que je n'aime pas, qui ne serait aimé de personne et dont, advenant un miracle, seuls quelques morceaux pourraient figurer quelque part en annexe d'une encyclopédie de l'erreur. Mais je prends ce journal pour unique moyen de détruire cet ovni. Je vois les choses ainsi : oui, il me faut parler de l'ovni, il me faut témoigner de ces événements, mais pour les anéantir, pour faire en sorte, par les curieux pouvoirs de l'écriture, qu'ils ne se soient jamais produits et qu'ils n'aient pas de suite, qu'ils ne mènent à rien. *Mettre en abyme*, il n'y a pas d'autre issue possible. Cet ovni doit disparaître et me laisser la place qu'il m'a prise. C'est Moi, le héros, ici, et c'est Moi, le chef. Sinon, je ne joue plus.

*   *   *

Des gens de science évoquent maintenant, et très sérieusement, la possibilité d'une grosse plante extraterrestre, d'une masse mi-gazeuse, mi-végétale, possiblement parasite, comme ces lichens qui s'accrochent aux rochers. Une plante extraterrestre géante, ce serait amusant, Montréal pourrait annexer la chose à son grand Jardin botanique. J'ai faim, plus que soif. Les placards sont pratiquement vides, il n'y reste qu'une poche de riz brun, une boîte de thon, une bouteille de sauce aux prunes et quelques biscuits soda. Après visite sommaire du réfrigérateur (un trognon de laitue, du beurre ranci) et exploration plus intensive du congélateur, j'ai déneigé un petit paquet de rouleaux impériaux dissimulé sous des sacs de vieux glaçons. En fouillant encore plus à fond, j'ai mis la main sur un flacon de vodka oublié, à demi entamé. J'y vois un signe, et je ne suis pas content.

*   *   *

Aucun besoin de ces réseaux sociaux pour tâter le pouls de cette humanité branchée dont je ne parviendrai jamais à me décoller tout à fait. L'humanité, ce *vaste public* qui n'attend que de l'information et du délassement, servis ensemble et mélangés ; cette foule, enfin, qui espère maintenant en l'objet tombé du ciel trouver réponse aux questions primordiales. Aucun besoin de la connaître, de la côtoyer, je la devine, j'en suis. Elle veut *voir des extraterrestres*, elle veut rencontrer des Martiens, les apprivoiser, elle veut en adopter, en allaiter. On apprendra bientôt, en couverture de magazine, qu'*Elle* « craque pour les E.T. ». *Elle*, femme générique, résolument de son temps, c'est *Elle*. Ce qu'on en sait, c'est qu'*Elle* craque facilement et de partout. *Elle* craquera pour les E.T. comme *Elle* craque pour l'eau douce, les endives, Viggo Mortensen. *Elle* craque pour grand-maman. *Elle* craque pour le gaspacho, *Elle* craque pour la sodomie. *Elle* en pince aussi. *Elle* en pince pour le pot-au-feu, Hubert Reeves, le retour du coton ouaté, le chou kale, la sculpture sur glace, la musique klezmer, le tantrisme, Xavier Dolan ou le stérilet hormonal. Je m'emporte, j'écris des insanités, des grossièretés. Oui, j'ai rechuté. J'ai ouvert Internet, cette boîte de Pandore qui me ramène, l'écrivant, à mes ignorances fulgurantes, à mon inculture et à mes errances d'autodidacte. Qui est donc ce satané Pandore ? Un autre dieu grec ? J'ai fait le tri de mon courrier électronique, supprimé systématiquement tous les messages, y compris les très rares requêtes personnelles. Puis, je me suis laissé aller à farfouiller un peu dans Facebook où j'ai bien failli laisser quelque trace, sachant heureusement me contenir. Et j'ai bu ce fond de vodka glacée. Je n'ai rien promis qu'à moi-même, autant dire à un tricheur. Après tout, *le monde ne sera plus jamais le même et les choses ne seront plus comme avant.* Pourquoi me priver? Qui m'en voudra?

* * *

Toute l'attention de ce qu'on appelle la « communauté internationale » est dirigée vers le Canada, vers le Québec, vers Montréal, vers les rues de Hochelaga-Maisonneuve, vers ce majestueux ovni olympien. Mais il n'y a personne là-dedans! Ovni vide! Il faudrait le lui dire, à cette « communauté internationale ». Nulle âme n'habite cette chose qui n'est pas un habitacle, n'est pas un engin, n'est pas un navire spatial, c'est une meule, c'est une motte. J'en suis certain. C'est du compost. Les gens, confus et pleins d'espoir, s'attendent à voir bondir des amis cosmiques, des camarades, des maîtres, des guides, des christs, des schtroumpfs. Ou, inversement, avec la même fièvre, ils voient venir des guerriers envahisseurs, des robots exterminateurs, des démons belliqueux, des *aliens*, des *gremlins*, des méchants à tuer, l'ennemi parfait qu'il faudra abattre. Mais ce n'est rien que mousse, gaz et brins. Des millions de croyants abêtis, toutes idoles confondues, frétillent et jubilent en vain, accueillant la venue de tel messie, de tel sauveur. Il n'y a personne là-dedans, il n'y a rien, pas le bout d'une queue de Martien, c'est rempli de rien, ça ne veut rien, c'est sans but. J'en suis certain, je m'y connais en matière de rien, je sais où il n'y a rien, je détecte. Et cette plante – s'il s'agit bien de ça – ne mérite pas tout ce tapage. Même ces fiers pilotes, formés pour l'entrain guerrier, s'en détournent, pris de cafard, préférant *ne pas*, comme des Bartleby en uniforme.

Les grandes rues et les larges boulevards qui mènent aux échangeurs, aux ponts et aux autoroutes sont encombrés de voitures arrêtées, mais en mode sauve-qui-peut. Pour un peu, dans l'énervement, donc sans réfléchir, les déserteurs au volant chercheraient, comme dans les films américains, à *fuir au Canada*, pour se rendre compte évidemment qu'ils y sont déjà. Question : Y a-t-il un pays civilisé *après* le Canada ? Non, le Canada est un aéroport. Il en a tout le charme, si j'ose dire. Et je ne serais pas étonné si les extraterrestres avaient choisi, en toute connaissance, après études et conciles d'experts, cette vaste contrée du «vivre-ensemble» pour y poser leur vaisseau ambassadeur.

Mais les trottoirs, les parcs, les espaces publics sont tous à peu près vacants, débarrassés de leurs piétons et badauds. Quelle douceur que d'y errer en moine ! De rares cafés et bars attirent la clientèle, ceux-là où il y a la télé. Je m'attendais à plus, à mieux, c'est-à-dire à pire, à plus tragique, à plus dramatique, à plus tapageur. J'étais en droit d'attendre et d'accueillir un véritable vent de panique sur la ville, j'étais en droit d'attendre un bon film de série B, un bon film *psychotronique*, comme on disait jadis, *circa* 1988. *Psychotronique*, mot long, rond et creux ; mot-bulle qu'aura porté jusqu'ici l'air du temps. Mais non, pas de ça. Pas d'émeute, pas de voitures en feu, pas de vitrines fracassées, pas de Godzilla, pas de King Kong, pas de foules rendues folles par leurs propres cris, pas de loqueteux en furie, pas de zonards et pas de zombis. Hélas !

* * *

Je m'abrutis à la lecture des journaux, des chroniques, des éditoriaux. Un plumitif épileptique, archi-populiste et archi-populaire, chroniqueur-mercenaire vivotant de pige en pige, d'un nid médiatique à l'autre, nous recommande, nous *commande* de « décrocher ». Car ce n'est pas une aimable invitation à l'abandon, ça n'a rien d'un sage conseil, ça n'a vraiment plus grand-chose d'amical, c'est une sommation. Par « décrocher », le pseudo-moraliste à gages veut dire délaisser les écrans, oublier les réseaux, oublier l'opinion, fuir l'infernal torrent des infos ; il nous ordonne de déposer portables, tablettes et téléphones à tout faire ; il nous intime de tout débrancher, de nous déconnecter et de diriger toute notre attention vers ce cours véritable des vraies choses qui arrivent vraiment, à cette vie bien réelle et palpable, *la vie mon vieux...* Pour un temps, décrocher, se déconnecter, un mois au moins, un mois seulement. Momentanément libérés, les gens se repaîtront volontairement de saine simplicité et feront le plein de réel et puis, sitôt purifiés, retrouveront leurs petites machines, fiers d'avoir pu, d'avoir su « décrocher » un mois au moins. Qu'auront-ils fait de cette vacance? Au mieux, ils auront porté leur regard au ciel, peut-être, une nuit, à la campagne, ils se seront extasiés, rigoureusement extasiés, comme on se doit de s'extasier, devant le spectacle du firmament: «Ah! Ce cosmos, tout de même! Quelle leçon d'humilité!» Mais ils, ces gens corrects, foncièrement «à jour», ces agendas ambulants, contribuables, payeurs de taxes et impliqués, de ce fait, dans «les choses de la Cité», ils s'en lasseront bien assez tôt, de ce cosmos et de ses myriades d'astres infiniment éloignés. Le cosmos, ils s'en seront emplis et gorgés, en auront joui d'ici-bas, à satiété, et passeront à autre chose, repus. Ce genre de vastitude ne les émeut vraiment qu'un instant, après quoi ils en veulent davantage; ils y verraient des villes, là-haut, des civilisations, des *personnes*. Les gens se lassent très vite de choses pourtant inépuisables, jusqu'à ce cosmos entier qui les fait un peu chier *en tant que tel*. Il leur faudra le photographier, le filmer, ce sacré cosmos, toujours le même, et en partager les images avec leurs amis des réseaux, lorsqu'ils auront fini par se reconnecter. Je n'aurais pas dû me laisser aller à la diatribe. Cette bière de trop…

Décrocher… Si je pouvais au moins trouver d'abord à quoi m'accrocher, sur quoi m'accoter seulement! Je ne peux même pas prétendre, sans rougir, à la citoyenneté. Mon passeport est périmé, ainsi en est-il de l'ensemble de mes papiers et brevets, invalides, à refaire. Je ne dispose pas non plus, tout près de la main dans mon veston, d'un permis de conduire ou d'une carte d'achat. Je n'ai rien emprunté, rien épargné, j'ai toujours payé comptant, je n'ai aucun «historique de crédit», ce qui fait de moi soit un suspect, soit un mort. Aucun baccalauréat. Mon CV se réduit à des tâches inutiles et accomplies sans le moindre enthousiasme. Je n'appartiens à aucun club, aucun parti, je n'appuie aucune cause. Les ordres et la terreur, je préférerais les recevoir d'un seul sociopathe assoiffé de pouvoir que d'une population entière faite d'attardés mentaux qui se prennent pour le Maître des clés, encouragés par les ouvrages de psychologie populaire et de motivation, du genre *Osez changer* ou *Comment agir en leader proactif.* Et ces livres sont à la portée de tout un chacun! Franchement, quelle différence fondamentale entre un tyran et une foule d'électeurs? Toujours on décide à ma place. Alors je vote au hasard. Ça m'est complètement égal. Si j'étais riche et puissant, je me laisserais aisément corrompre et je chanterais les louanges du capitalisme déchaîné. Je ne devrais pas être autorisé à exercer mon droit démocratique primordial, que j'échangerais d'ailleurs contre de l'argent, avec mon passeport en prime. Je pense sincèrement ce que j'écris ici, et je m'effraie. Donnez-moi de l'argent, une somme substantielle, un million de dollars, et je renoncerai sans hésiter aux privilèges que je ne crois pas nécessairement mériter et dont je jouis peu et mal de toute façon; je renoncerai même à cette «liberté d'expression» qui ne sert jamais qu'à raconter des saletés à bon droit. Donnez-moi de l'argent et je me ferai plus silencieux et absent que l'ombre d'un fantôme. Je ne vous dérangerai jamais.

*   *   *

Mon humeur du jour est à la colère gratuite, sans raison, colère divine : «Car moi, le Seigneur ton Dieu, je suis un Dieu jaloux : chez ceux qui me haïssent, je punis la faute des pères sur les fils, jusqu'à la troisième et la quatrième génération» (Exode 20, 5). Qu'ils aillent tous se faire foutre. Je *comprends* Dieu. Mais s'Il avait le malheur d'exister, Il ne Se contenterait pas de nous «éprouver», Il nous liquiderait, avec toute la cochonnerie de Sa création. Qu'ils s'amènent, les bonshommes verts, avec leur flotte militaire et leurs canons laser, qu'ils s'amènent et nous débarrassent de toute cette raclure. Vivement la Guerre, celle *des mondes*, qui viendrait enfin à bout du projet djihadiste et de cette fatwa générale aux manifestations et répercussions aussi abominables que redondantes.

Les journaux respectables nous rappellent à l'ordre, c'est-à-dire à la science, aux faits, au tangible, au chiffre, au nombre, à ce qui se prouve, bref à l'édifiante platitude. Leurs éditorialistes sont tous d'avis qu'il n'y a aucune raison de s'affoler, qu'à tout cela nous trouverons assez vite des explications rationnelles. Au contraire, les quotidiens roturiers et démagogues nous invitent au psychodrame social, à la paranoïa collective et à la dénonciation arbitraire : un ministre, un fonctionnaire, un imam ou tel pédophile, *quelqu'un* doit payer, ne serait-ce que symboliquement, et des têtes doivent tout aussi symboliquement tomber. Je préférais mon journal intime quand il n'y était question que de Moi, de Mon Unique et Seul Grand Moi. Mon Précieux. J'abandonne. Je m'en vais réchauffer quelques rouleaux. Et me faire plaisir…

* * *

J'ai menti, j'avais l'intention, secrète et enfouie, de reprendre ce journal, suis-je idiot. Cependant, j'espérais pouvoir m'y explorer, m'y mettre en valeur ou en accusation. Et c'est ainsi que, le jour même où je tâchais d'entreprendre ce que les travailleurs sociaux appellent une «démarche personnelle pour une découverte intérieure du Soi», ce jour-là un phénomène miraculeux signe la fin des certitudes, annonce le début des temps nouveaux. Ça ne pouvait pas attendre? Je me suis relu ce matin. Ça sent le célibat. Il ne faut pas se relire, grave déroute. Un journal personnel doit rester secret même au diariste; un journal intime, envisagé et tenu comme il faut, ne doit pas être relu, enfin pas tout de suite. Un journal n'acquiert un minimum de profit sentimental que faisandé, j'en rirai ou m'en affligerai dans vingt ans, si je m'y rends. Comment ai-je pu me relire aujourd'hui, sachant commettre une faute? Et comment puis-je encore en répandre, maintenant, sachant la vanité et la vacuité de tout cela? Je n'ai pas entrepris ce journal à des fins de création littéraire, mais de récréation thérapeutique, conseillée par des «intervenants en milieu psychiatrique», il y a longtemps, avant les cures fermées, les séances d'information, les réunions de groupe et autres activités inscrites au programme de ces camps de concentration zen. D'où me vient cette perversion de revoir, annoter, corriger? Cette lubie de forcené, indigne d'un homme qui aspire à la plus grande liberté, de respecter l'orthographe, la syntaxe, le bon français international? À quoi bon faire le coq et devant quelle basse-cour? Ne suis-je donc pas l'unique dépositaire de ces archives? Et pourquoi cette saleté cosmique tombe-t-elle du ciel *ces temps-ci*, comme pour me narguer? Comme pour me dire: «Regarde, abruti. Regarde, il se passe des choses hors de ton tréfonds. Regarde, tu n'es pas le centre de l'univers. Tu n'es pas l'Unique.» On ne m'aura pas, *ça* ne m'aura pas. En reprenant, tant bien que mal, ce navrant journal, abominable exposé qui n'a même pas l'antimérite de l'obscénité mais toute l'hypocrisie du second degré, en reprenant, donc, ce «récit introspectif», je croyais, j'espérais découvrir en Moi, pour les approfondir, des souffrances iné-dites, des douleurs fraîches, en vue d'y trouver de nouveaux antidotes. Peine perdue, de toute façon. Je me vois forcé de citer Leopardi, ici, ne serait-ce que pour citer Leopardi: «Que gagne l'homme en se perfectionnant? Risquer chaque jour de nouvelles souffrances, puis en découvrir le remède qui n'aurait été ni nécessaire ni utile sans le perfectionnement de l'homme, puisque ces souffrances ne seraient pas apparues.» N'est-ce pas?

* * *

Adulte platement mâle, caucasien, peu fier et hétérosexuel tristounet, je pense toutefois, malgré mes «bénéfices culpabilisants» dus à la génétique ou aux circonstances, ne pas être une personne normale, je ne crois pas incarner cet «homme de la rue» lambda dont les sondeurs quêtent l'avis pour «se faire une idée de ce que pense le vrai monde». Et je me demande justement ce que fabrique l'individu normal en ce moment, témoin de pareils phénomènes. Je sais qu'il craint la fin du monde ou semblable inconvénient. Mais, concrètement, que fait-il? Bien sûr, il se tient informé et s'assure d'une constante communication avec ses proches. Il ne doit pas être à écrire ses Mémoires pour la postérité, il est illettré, voire analphabète fonctionnel, comme un peu plus de la moitié de mes compatriotes. L'individu normal, en ce moment – je le vois d'ici –, est à dresser l'inventaire de ses possessions, de ses avoirs; il s'attend à être puni pour rien, comme Job, et prépare son testament. Il a fait le plein d'essence et de vivres. En vérité, les gens ne sont jamais plus heureux que mis au défi par l'imminence d'une catastrophe d'envergure idéalement planétaire et aux proportions bibliques. L'idée de l'apocalypse les excite, ils se sentent enfin vibrants, ils en oublient l'impôt, le cancer, les débats de l'heure sur la burqa, le Zika ou les chiens enragés. Sommes-nous préparés à une attaque extraterrestre? Bon Dieu! Je n'y ai jamais songé sérieusement. Et je n'y réfléchirai plus à fond maintenant. Je suis convaincu que le Pentagone a déjà prévu un «plan d'action» tout à fait épatant, et même quelques stratégies militaires et politiques, advenant l'arrivée des Martiens. Il doit même exister, dans les classeurs de la Maison-Blanche, une sorte de protocole de diplomatie intergalactique conçu et rédigé par des *geeks* en cravate qui ont trop regardé *Star Trek.*

Quoi qu'il advienne – siège, putsch, guerre civile, mais je n'en crois rien –, je n'aurai qu'à me réfugier dans les profondeurs du «Montréal souterrain», cet interminable entrelacement de galeries et de tunnels annexés aux stations du métro, aux centres commerciaux, aux gares, aux universités, aux édifices gouvernementaux, et qu'on ose faire passer, sans rire, pour une attraction touristique internationalement appréciée. Je le connais pour l'avoir souvent exploré, ce *Montreal Underground*, y ayant longtemps traîné, halluciné parmi les morts-vivants – gens d'affaires, jeunesses égarées, étudiants empressés, fonctionnaires, mendiants. Je m'arrêtais toujours à l'une ou l'autre de ces affreuses terrasses intérieures et à ces cantines de restauration rapide où de jeunes immigrants de troisième génération, totalement occidentalisés, intégralement *Apple-isés*, servent des *dumplings*, des *fajitas* ou du couscous-merguez à saveur d'*iPad*. Si les lettrés vont écrire dans les cafés, j'allais faire mine de lire Joyce au *Thaï Express* du Complexe Desjardins, assis à une horrible table en simili-marbre. J'aimais m'imprégner d'humaine nullité. Sans argent, il me faisait bon aller jouer les aristocrates dépossédés avec les gens du commun dans leurs habitats partagés, errer dans leurs corridors, leurs édifices, leurs transports collectifs, leurs lieux de ravitaillement. Oui, *les leurs*. Car, visiblement, rien de tout cela n'a été imaginé pour quelqu'un comme Moi, je m'y prélassais donc en profane. Si ce n'est dans ce Montréal aseptique et enterré, j'irai trouver protection avec les derniers pieux, sous le grand dôme de l'oratoire Saint-Joseph. Pourquoi pas ? J'y attraperai la foi et deviendrai soudainement catholique après avoir reniflé auprès des restes du frère André. Et ce journal deviendra confession, je pourrai m'y expliquer avec Dieu, comme saint Augustin. Non. Je parie que Yahvé lui-même, à mon contact, aura envie d'aller voir ailleurs s'il y est…

* * *

Dormi mal. Promenade matinale. Je scrute machinalement les bordures des trottoirs, on y trouve parfois de vieux billets chiffonnés ou des pièces d'un ou deux dollars, surtout près des parc-mètres ou à la sortie des lieux courus, les bars, les restaurants, les squares, les salles de spectacle, les parkings, les pharmacies grande surface. Jamais près des banques. Mais je suis convaincu qu'il traîne moins d'argent – monnaies et piastres – là-dehors depuis que les gens font tous leurs achats avec une carte à puce. Bientôt, de toute façon, cette puce, ce numéro, ce NIP, ce chiffre, cette *marque* sans laquelle nul ne pourra ni vendre ni acheter, chacun l'aura incrustée sous la peau, c'est documenté dans le Livre des livres, LE best-seller avant le Coran, le Tao Te King, les records Guinness et le catalogue IKEA.

Partout dans la métropole québécoise, et jusque dans les quartiers habituellement animés, règne cette torpide ambiance de jour férié, de lendemain de veillée : ralentissement général des services, autobus retardés, embouteillage à l'entrée des ponts et dans les bretelles d'accès aux grandes autoroutes ; boutiques, écoles, banques et bureaux aléatoirement ouverts ou fermés. Fort heureusement, les dépanneurs veillent au confort et à la luxure de base, il est possible à tout moment de s'y procurer du tabac, de l'alcool et des billets de loterie. À mon avis, tout le monde s'en va en voiture vers les banlieues d'avitaillement et les entrepôts, Costco et Home Depot, faire provision en vrac de gallons d'eau potable, d'outils divers, de papier-cul et de boîtes de macaronis Kraft en prévision de l'Armageddon. Il doit y avoir des soldes sans précédent chez Walmart ces jours-ci. « Grande liquidation, tout doit disparaître… À jamais. »

J'aimerais bien, aussi, fuir la ville. Un abri rustique et rugueux, une cambuse enfoncée dans les bois près d'un étang, j'irais y jouer à l'ermite, ami des fleurs et des ratons laveurs, capable de bûcher le bois pour s'en bricoler une cabane, façon

Thoreau, ce frimeur qui en vérité ne s'est jamais tenu à grande distance du village et de ses commodités. Et Thoreau a écrit et publié de son vivant ! Or les vrais ermites, qui sont ou devraient tous être de vrais sages, n'écrivent rien et s'en vont sans polluer le monde d'un autre *nom*.

Un peu de sérieux : s'il est admis que l'univers, dans son infinitude infinie, n'a pas de centre à proprement parler, pas de nombril, on admettra du même coup que le centre de l'univers peut alors être placé n'importe où. Donc, *Je suis le centre de l'univers*, on m'autorise à le penser et à le proclamer. Tout ce qui vit et meurt, individuellement, tout ce qui mange et élimine, peut ou pourrait se proclamer Centre de tout. Les gens, les animaux, les insectes, chaque pousse, chaque microbe, chaque bacille. Je suis le centre autour duquel stagne ou gravite *le reste*. Je n'affirme pas ici être tout-puissant, je n'ai aucune prise sur rien ni personne, je ne sais même pas réussir un œuf à la coque ou me débrouiller avec le logiciel Excel version 2007. Je confirme simplement un simple fait : sans Moi, incontestablement, l'univers n'existe plus. Je suis le noyau du monde. *Je le sens.* Et cet objet imbécile et voltigeant, qui me dérobe à Moi, propulsé jusqu'ici hors des faubourgs de la galaxie, viendrait me chasser de mon poste essentiel et fondamental ? Pour me replacer, mais où ? Et en retrait de quoi ? Je suis et serai, tant que je serai, le Pivot.

J'écrivais, en date du 15 septembre 2001, et je n'en suis pas fier : « Ce n'est rien que de l'humain.

Deux édifices s'affaissent, percutés et perforés par des avions; deux monuments intimidants à la gloire du libre marché, et qu'on croyait plantés à jamais, se disloquent et s'effondrent, provoquant de sublimes bourrasques de poussière. Le spectacle est magnifique, certainement, mais triste et décourageant, d'autant plus qu'on en devine les répercussions immédiates et prochaines. Des guerres à ne plus les compter, d'autres excentricités terroristes pour tout le siècle à venir. Ce n'est pas ça que j'attends, ce n'est pas assez, je ne suis en rien contenté. Je veux du surnaturel, du paranormal. Je veux un fantôme, l'esprit d'un défunt, l'écouter, lui parler. Je ne pourrai mourir tranquille qu'après m'être entretenu avec un mort ou un extraterrestre. Dieu ferait l'affaire.» Aurais-je été entendu et exaucé? Mais ce serait encore trop tard. J'ai trop attendu ce moment sans y croire vraiment: «Tiens, le voilà, ton ovni.» Je me sens comme un écolier qui, après avoir rêvé avec fièvre du Grand Bal toute l'année, nuit après nuit, s'y retrouve enfin avec sa princesse et passe une soirée plus que tranquille. Il ne fera pas l'amour, n'échangera pas même un chaste baiser et, à peine grisé, s'en retournera chez ses vieux par le dernier métro, migraineux et frustré. Il ne se sera rien passé.

*   *   *

Atteindre à la vertu profonde et primordiale en s'abîmant dans l'harmonie universelle... Être vide et inoffensif... Je ne crois pas perdre totalement mon temps à feuilleter les taoïstes, lecture spirituellement narcotique, sédative même, qui invite au repos de l'esprit et à la sieste des sens, qui incite au sommeil et au rêve plus doucement encore qu'un cachet de mélatonine ou qu'une concoction de passiflore et de valériane. Inoffensif, je sais l'être sans difficulté, l'étant de naissance et même d'avant : il a fallu un forceps pour m'extraire de ma poche amniotique. Inoffensif, inefficace et vain, je veux bien. Mais vide ? Comment faire ? Et avec quoi ? Avec quoi me lester de tout ce qui m'emplit et qui ne vient pas de Moi ? Plein, voilà ce que je suis, un trop-plein, un rempli, un fourré parmi les fourrés. Des trop-pleins, par milliards, des remplis et des fourrés prêts à exploser à tout moment, c'est l'humanité, l'humanité gavée, fourrée d'idées, de volontés disparates, contradictoires et irréconciliables, mais qui veulent ! Des volontés autonomes et volontaires, qui *veulent vouloir* et qu'on encourage à vouloir en vouloir toujours plus encore. Et dire qu'en chacun sommeille un policier – pourvu qu'il reste endormi !

* * *

On languit, en quête d'un signe. Le gros couvercle suspendu a-t-il autre chose à offrir que sa seule présence ? Et s'il s'agissait d'un objet d'art décoratif ? D'une sculpture ? D'une installation ? Et si la Terre n'était pas le siège d'une invasion,

mais d'une exposition universelle? D'un sympo-
sium de *land art* organisé par une sorte d'émule
extraterrestre de Christo? En vérité, je ne serais pas
surpris d'apprendre que cette extravagance n'est
qu'un énorme canular, porteur d'un vaseux message écologiste, une sorte de happening grandiose
et fou, fomenté par le mythomane du Cirque du
Soleil et quelque magnat de Hollywood.

Il n'y a pas que les pilotes d'hélicoptère et les
aviateurs qui semblent souffrir d'apathie (et d'*acrasie*) après avoir tenté d'approcher de l'ovni. Même
les reporters chevronnés de notre télévision éta-
tique, installés avec leurs caméras à proximité ou
à l'intérieur du stade, paraissent las et surmenés,
visage gris, traits tirés. Leur voix plate, monocorde,
hésitante, trahit leur exaspération: «À l'heure où
je vous parle, c'est stable. Ça ne bouge pas. On
boit du café et on attend, on attend et on attend.»
Aucune fébrilité dans le ton, aucune excitation,
nulle anxiété, ces journalistes semblent aussi
enthousiastes et passionnés que s'ils couvraient
l'inauguration du Salon de l'agriculture.

Je suis allé boire des bières au petit parc, deux
cannettes, en toute impunité: les policiers sont bien
trop affairés ces jours-ci pour s'occuper de ce genre
de délit. Deux bières, et je renais. Tout m'apparaît
sous sa véritable lumière. Les couleurs des maisons,
des arbres, les formes des voitures, les visages, les
allures. Étonnement d'avoir passé les derniers mois
sous anesthésie – être à jeun, ce n'est que ça –, ne
ressentant rien que du mécontentement, ne voyant

rien que mes pieds foulant le sol, n'entendant rien que mes propres soupirs exaspérés ; sourd, bête et aveugle, noyé en moi-même. Tiens donc, les choses acquièrent subitement une certaine importance à mes yeux, à mon sens, alors qu'il y a une heure elles m'en paraissaient absolument dépourvues. Je reconnais bien là les premiers effets de l'alcool. D'ici trois ou quatre bières, je serai un autre, donc redevenu moi-même sous son meilleur jour, entendu que Je est un autre. Et voilà que je me prends d'affection pour les gens, mes compatriotes. Voilà que je partage leurs craintes, leurs émois. Ce qui se passe est formidable, je veux dire l'ovni, cette perruque moche venue des cieux coiffer le mont chauve. Ce qui se passe est absolument fantastique et incroyable, j'essaie de m'en rendre compte et j'y parviens. Ce qui se passe est prodigieux. Je me le répète et j'en arrive presque à d'ardents et francs sentiments d'émerveillement. Par petits élans seulement, par secousses et contractions. Quelques secondes de pure félicité, suivies d'un abattement de tous les sens et de la raison. Puis ça revient et ça repart. Mais n'en a-t-il pas toujours été ainsi de la joie ? De l'extase ? De l'orgasme ? Ça ne dure jamais que le temps d'un clignement d'âme.

J'attends, mais ne l'admettrais à nul, l'appel de l'autre, l'appel de nul, n'importe quel appel, par n'importe quel moyen, au moins télépathique ; n'importe quel appel de n'importe quel nul, une cousine, un camarade de classe perdu de vue, ma famille, le dentiste, un institut de sondage. Me revoilà donc de nouveau accessible, joignable et disponible. Me revoilà de nouveau branché, connecté. Me voilà de nouveau *accroché*. Plus seul encore : personne ne me fait signe ! N'est-ce pas là le juste et sublime devoir du solitaire, selon Cioran, que d'être plus seul encore ? Mais pour y atteindre, à cette solitude complète et définitive qui ne tient plus du simple isolement mais de la disparition de l'autre, il faudrait que l'humanité entière périsse et s'évanouisse, sans heurt ni fracas, comme par envoûtement, ainsi seulement je goûterais à la quiétude absolue, sans remords. Mais les gens sont là, ici, partout, on ne peut les abstraire qu'en songe ou qu'en phantasme, impossible rêve d'une élimination dont je serais l'unique survivant. Plus seul encore, oui, comme Adam sans Ève. Je devrais peut-être relancer Nathalie. Je m'en vais de ce pas me faire plaisir. Mais je n'ai plus de tabac pour après…

* * *

Après ceux-là, je n'en voudrai plus, des amis. Amis, au sens amoureux, avec tout ce que cela suppose de loyauté, de fraternité et de pacte : « Je serai toujours là pour toi, tu seras toujours là pour moi. » Encore des devoirs et des responsabilités, encore des promesses, des contrats, des baux. L'ami idéal est celui qui vous fiche la paix, à qui vous ne vous sentez jamais obligé de faire plaisir, de venir en aide, et qui, d'ailleurs, ne vous donnerait jamais sa

44

chemise, il vous la louerait (je crois que cette dernière plaisanterie est d'Oscar Wilde ou de Woody Allen, mais je ne sais trop). Les vrais amis n'essaient jamais de vous intimider avec leurs succès, pas plus qu'ils ne viennent vous confier leurs ratés. Ils sont pétris de dignité et se font rares, n'insistent pas pour rester, s'en vont poliment au moindre signe de fatigue de votre part. Surtout, ils ne vous font pas la leçon et vous laissent tranquillement déchoir à votre rythme. Quant à la famille, la *parenté*... S'il est un lieu où je peux sans regret me passer de *tout ce monde-là*, de cette généalogie infernale qui précède mon avènement et qui, avant mes adorables géniteurs, remonte aux premiers colons, puis à l'âge de pierre, au Néandertalien et, plus enfoncé encore, au cœlacanthe et autres poissons crossoptérygiens, s'il est un endroit sûr où je suis totalement autorisé à négliger mon interminable lignée, c'est bien ici, dans ce journal. M'étant décidé à sortir de l'ombre, j'ai donc repris contact avec mon «cercle» très restreint, et très serré – mon sphincter amical pour ainsi dire, délicat et peu élastique. Par mes proches, je ne m'attendais pas à être accueilli en enfant prodigue, avec grands transports de colère amoureuse : «Mais où étais-tu passé ? Ne nous fais plus jamais ça.» J'espérais quand même sentir, venant d'eux et d'elles, un minimum d'empathie, un peu d'apaisement, je les voulais au moins contents et rassurés : «Ah ! Ouf ! Te revoilà donc.» Mais, rien de ça. Ils ne sont préoccupés, comme tout le monde, que par cette maudite bouse venue du cul du ciel. Et sur Facebook ils partagent des vidéos qui ne feraient rire que les enfants de moins de 6 ans et les schizophrènes psychoaffectifs. Tout se passe comme si je n'étais jamais parti. Vrai que je n'ai pas bougé d'ici. Je n'ai fait que feindre l'absence en ne répondant pas aux signaux. Je n'avais rien à leur dire. N'avoir rien à dire est une bénédiction pour soi-même et un bienfait général. Mais n'avoir rien à dire... et en parler ! Quelle basse méprise ! J'essaie de ne pas trop m'en faire. Mais en ces moments pompiers et pompeux, alors qu'est enfin rompu le silence éternel, alors que l'ÊTRE HUMAIN accède à l'au-dessus, alors que tout me dépasse et me surpasse, je ne trouve rien à dire ici, rien d'autre à relater que mon incapacité à dire, à écrire. Pitoyable, petit, mesquin. Impuissant.

Je devrais écouter de la musique, ne serait-ce que pour enterrer le ronronnement du frigo, sinistre, qui me ramène à ce que la solitude a de pathétique : le fait d'être sans témoin. Mais la musique m'insupporte, les chansons tout particulièrement, toutes, de Leonard Cohen à One Direction. Ce qui passe à la radio. Pourquoi toujours des paroles ? Pourquoi toujours du texte ? De la voix ? Depuis que les troubadours ont pris le contrôle, la musique, qui devrait pouvoir se suffire à elle-même et nous emmener loin de ce monde, nous a été volée. À bas l'opéra, le rock, le rap et la rime ! Je ne suis bien qu'avec John Cage. Ses expérimentations sonores coïncident avec l'état de mon esprit souffrant de prurit. John Cage me gratte. De plus, j'écoute alors une musique faite par elle-même, qui s'amuse et manigance toute seule dans son coin, qui n'exige pas de moi une «réponse émotionnelle immédiate», tout en m'invitant ici et là à prêter l'oreille, à méditer un peu, et à continuer de faire ce que je faisais, sans me soucier de sa présence et de son bruit. Grâce à John Cage, ce soir, oubliant enfin l'ovni, j'ai réussi – il était plus que temps – à accomplir certaines tâches domestiques particulièrement débilitantes, et ce, *sans m'en rendre compte.*

*   *   *

Je ne parviens jamais vraiment à tiédir mes montées misanthropes, je ne peux m'empêcher de considérer les gens de haut, de loin plutôt, en observateur supérieur et angoissé. Et je me fais l'effet d'un de ces millions de *losers* qui prennent leur solitude pour une garantie de distinction. Je le sais, oui, mais ne le sens pas. Je considère et envisage *tout* de loin, avec stupeur, comme si je n'étais pas d'ici, comme si j'errais en voyageur floué, terrifié, et qui aurait le mal du pays. Pas d'ici, pas des leurs. Mes racines sont ailleurs, je ne suis pas une plante humaine. J'aimerais retourner chez Moi. Mais où est-ce?

Pour l'instant, «chez Moi» – appelons ainsi ce trou à rat, d'un seul –, c'est laid et ça pue. Tout y pue: le mobilier, les planchers, les placards, les murs, les tapis inamovibles, ma personne. J'aurais beau abluer à jets de produits chimiques et désinfectants, ça ne décollerait pas. Mais tout y pue de manière si épandue et uniforme qu'un intrus n'y remarquerait que l'odeur de tabac, à ce point dense qu'elle masque, presque avantageusement, toutes les autres variétés de puanteurs. Ça sent la cigarette, soit, mais au moins ça ne sent que ça. Je mens. Il y a, comme en deuxième couche, comme en arrière-fond, une vague odeur de merde. J'en aurais long à dire, et j'en ai certainement déjà écrit long, dans ce journal, autrefois. Cet étrange parfum de crotte, à peine perceptible, me poursuit depuis des années, depuis ma naissance peut-être, d'une maison à l'autre, d'une école à l'autre, d'un appartement à l'autre. J'ignore d'où émanent ces miasmes, cette odeur que je suis apparemment seul à sentir et qui ne s'accroche ni aux vêtements, ni aux objets, ni à mon corps. C'est un bouquet flottant, une fumée qui m'accompagne comme le nuage de poussière accompagne ce pauvre Pig-Pen dans *Peanuts*. À force de laver, de me laver, j'ai fini par en conclure que *mon nez pue*. Je ne vois pas d'autre explication. À moins que ce ne soit mon âme pourrissante…

* * *

Promenade dans les quartiers huppés de Montréal, là où veillent ou sommeillent, surveillés et en toute sécurité, d'authentiques milliardaires. Des rentiers. Chemin faisant de Westmount au Centre-Sud, je récupère des mégots à même les cendriers publics. Ce n'est pas la première fois que je m'humilie à une si infâme collecte, mais ça n'a rien d'une habitude. Chaque fois, je crois frôler les plus bas fonds de la détresse humaine, sans les atteindre, *j'y suis presque.* Ne me resterait plus qu'à mendier. Je vendrais peut-être mon corps si celui-là possédait quelque valeur d'échange. Et pourquoi ne pas me proposer comme cobaye chez un fabricant d'anxiolytiques ? Même sobre, je subis les effets secondaires, pire, les effets primaires de la lucidité totale, prisonnier dans un corps lui-même encagé dans ce qu'on n'a pas tort d'appeler *la dure réalité*, et je ne parle pas des souffrances et des malheurs extérieurs, je parle du simple fait d'être, de devoir respirer, penser, éprouver, agir, bref, de devoir respecter les consignes existentielles de base. *Aller de l'avant.* Pff !

Mai

22 h 35 : Coupure momentanée du courant électrique dans plusieurs secteurs de la ville et de ses banlieues. Raisons invoquées, en vrac : réfection de certaines infrastructures, budgets étriqués, conflits syndicaux, situations particulières, enquêtes. J'adore les pannes, et pas que métaphoriquement, genre panne de désir ou panne d'inspiration, j'adore les pannes d'électricité. Et j'espère toujours un nouveau *blackout* digne d'un docudrame, comme celui de l'hiver 1998, cette « crise du verglas » qui avait affecté le Québec et la Nouvelle-Angleterre. Et j'aime l'idée d'un grand sabotage des pylônes, des centrales et des barrages, d'un acte terroriste majeur organisé par les Algonquins, les Hurons ou les Montagnais en signe de protestation : « Redonnez-nous les terres, nous vous redonnerons la télé. » Évidemment, je me plais souvent à rêver d'une extinction globale de toute forme d'énergie, comme si quelqu'un ou quelque chose avait *éteint* le monde, panne qui toucherait aussi les satellites et tout le réseautage

51

Internet, paralysant complètement l'activité humaine dans son ensemble : un bon gros *bogue* tel celui qu'on nous avait «promis» pour le premier matin de janvier 2000 et qui n'aura manifestement jamais été qu'un mauvais pressentiment. Je m'en souviens très bien, il n'était absolument rien arrivé. Et nous étions passés au nouveau millénaire sans anicroche, comme du vendredi au samedi. J'adore les pannes qui cependant ne durent jamais assez longtemps, j'en voudrais pour des jours d'intermission, des semaines de pénombre, des mois de silence, jusqu'au tarissement, sans possibilité de recharge, des batteries qui alimentent mon ordi. Cette panne-ci ne durera pas plus de deux heures. Mais elle m'invite à la lecture de divertissements romantiques. Et je veux dire *romantiques*, en italique s'il le faut. Vite ! Lire Mallarmé, vers minuit, à la lueur d'une bougie ! Avec une pipe et un peu de porto, même si je n'ai pas de ça chez moi, je fumerai et boirai dans mon cœur. Lire, et non pas relire Mallarmé, ne l'ayant jamais lu d'abord. Lire Mallarmé ou lire l'autre dont le nom m'échappe. Pas Baudelaire. Un autre. Gautier. Est-ce bien Gautier ? Théophile. Je n'ai pas eu le temps de m'installer au lit – à minuit, à la lueur d'une bougie, sans la pipe ni le porto – que déjà le service d'électricité était rétabli. Coït interrompu, en quelque sorte. J'en ai voulu et j'en veux encore, malgré tout ce qui s'en dit, à l'efficacité redoutable de nos sociétés d'État.

Je ne possède pas beaucoup de livres, une trentaine, des «classiques de la littérature», pour la plupart jamais ouverts, et je ne sais pas trop d'où ils viennent, comment ils sont arrivés là, dans mes affaires, mes tiroirs, sur mes étagères. Ce *Traité du désespoir* de Søren Kierkegaard, par exemple. Qui donc m'a prêté ou donné ce grimoire ? L'aurais-je récupéré dans les décharges municipales, attiré par le titre ? *Traité du désespoir*, éditions de La Nouvelle Revue française, collection Idées, format poche, 1967, illustration voulue «de notre temps» et représentant des prismes géométriques indéfinis et de couleur bourgogne. Dès qu'il est question de philosophie, les éditeurs se croient obligés de flanquer un peu d'art contemporain, pour susciter à la fois le mal d'être et le froid respect. Profitant de la panne, trop courte, j'en ai lu et médité la première page du premier chapitre du Livre premier : «L'homme est une synthèse d'infini et de fini, de temporel et d'éternel, de liberté et de nécessité, bref une synthèse. Une synthèse est le rapport de deux termes. De ce point de vue le moi n'existe pas encore.» Et, plus bas : «Dans un rapport entre deux termes, le rapport entre en tiers comme unité négative et les deux termes se rapportent au rapport, chacun existant dans son rapport au rapport ; ainsi pour ce qui est de l'âme, la relation de l'âme et du corps n'est qu'un simple rapport. Si, au contraire, le rapport se rapporte à lui-même, ce dernier rapport est un tiers positif et nous avons le moi.» Ça ne tient pas. Ce livre, en son entier c'est certain – de forme, de fond, du dedans, du dehors, de l'avant, de l'endos –, ce livre-là, contenu et contenant, ne tient pas. La «thèse» ne tient pas, le texte, enfin la «chose écrite», n'est pas plus solide, s'effiloche au gré des mots, rien de ce bouquin ne tient, jusqu'à l'image de couverture, franchement hideuse. Ce texte est abstrus. Cette espèce d'orgie ésotérique, de triolisme métaphysique entre rapports négatifs et positifs pour en arriver à l'apparition soudaine et inopinée du Moi, à l'accouchement bizarre du Moi, ne tient pas, ne veut rien dire. À personne. Et c'est intellectuellement obscène et grotesque. Et c'est très mal écrit. Un étron que ce bouquin. Et Kierkegaard, un cul. J'ose le penser et l'écrire de telle manière. Kierkegaard n'est pas qu'un trou, mais un cul complet. J'ai dit. Et j'ai soif. Ne me reste que cette cannette que je tète depuis des heures, lentement, avec patience, dans l'espoir insensé de m'endormir avant d'en voir le fond. J'ai peur, un peu. Et si Kierkegaard avait raison ?

* * *

Ne mettrai pas le nez dehors, pas avant le coucher de ce soleil stupide et arrogant qui n'arrête pas de briller dans son ciel sans nuage. Je déplore l'autorité despotique du grand astre que je tiens pour un fasciste de l'optimisme : le beau temps nous *force* à la bonne humeur et aux meilleurs sentiments. Ce soleil *exige*, par sa splendeur rayonnante, que je sois heureux, bien dans ma peau, reconnaissant, et sympathique envers tout ce qui vit. Au journal télé, les informations internationales sont – tendance vertement décriée dans les pages du *Devoir* – compactées en un seul et court topo vite expédié. En effet, que peut-il bien se passer *d'autre* dans le monde qui soit digne d'attention ? Par un bref survol des actualités intercontinentales, on apprend, entre mille vétilles et faits divers, que telle ou telle ville au nom difficilement prononçable a été la cible de bombardements, que tel ou tel petit État sans cesse malmené est le lieu d'une étrange vague de viols collectifs. On a aussi pu admirer de nouvelles images du petit Yaman, 4 ans, unique survivant d'un attentat quelconque et ordinairement affligeant. L'une des plus récentes photographies (cent mille milliards de *like*) montre Yaman, borgne et manchot mais tout sourire, sur les genoux de son papa, lui-même amoché, et on nous assure que le garçon se porte très bien «grâce à vos dons». Aussi bien dire que la vie continue.

Cette fougueuse journaliste de terrain, toujours dans le feu de l'action, faisant toujours preuve d'un courage exemplaire, d'une irréprochable probité, et que ses patrons envoient en toute confiance dans les coins les plus bouillants et périlleux de la planète pour quérir et rapporter l'information le plus objectivement possible, cette femme solide, *humaine*, qui fait honneur à la profession – Marie-Ève Bédard, donc, pourquoi ne pas la nommer –, a dû prendre un «congé de maladie» d'une durée indéterminée après s'être aventurée au Stade olympique, hier, directement sous l'ovni. Le cameraman qui l'accompagnait ne se porterait guère mieux, selon les derniers topos. Jointe au téléphone ce matin par un collègue journaliste, Bédard tâchait confusément d'expliquer son atonie soudaine, d'une voix agacée : « Que voulez-vous que je vous dise ? J'ai bien connu la peur, en Irak, à Gaza, beaucoup de tristesse aussi, de la colère, en Syrie, en Turquie, toutes sortes d'émotions fortes. Mais cet ovni... Cette espèce de grosse touffe... Je ne sais pas... Je ne pouvais pas rester plantée là à le regarder. J'étais prise d'un ennui écrasant. Je m'en fichais trop. En toute franchise, je m'en foutais éperdument. J'ai dû partir. Que faire d'autre ? »

Que faire d'autre, en effet ? S'en ficher *trop*. Il me semble assez bien connaître cette « émotion » qui n'en est pas une. N'ai-je pas atteint et plus de mille fois, à propos de mille choses, mille faits, mille personnes, les cimes paroxystiques de l'indifférence ? Indifférence quasi douloureuse. Comment pourrais-je me ficher davantage, par exemple, du ballet jazz ? Comment saurais-je être plus imperméable aux sports nautiques ? Je peux comprendre ce mépris – que dis-je, cette incuriosité absolue et totale qui fait presque mal et que peut inspirer, autre exemple, un formulaire du gouvernement qu'on doit pourtant remplir au complet et en bonne et due forme. J'ai obtenu, adolescent, des résultats catastrophiques, par abandon, aux fameux tests de quotient intellectuel de l'institut Mensa, pétrifié d'ennui par leurs questions. Il est possible de s'en ficher *trop*, au point où toute action devient à peine envisageable, on ne peut plus alors que s'en aller, faire demi-tour. Non pas fuir, ce serait excessif, et cette «émotion» dont je parle n'appelle aucun réflexe d'urgence, de combat pour la survie. Je me fiche du kéfir, du football, de Sting, comme je me fiche des bébés naissants, ils sont tous également fripés, n'ont aucune conversation, je ne veux pas d'enfant, et ce n'est pas une posture cynique et blasée, ça ne vient pas d'une répulsion naturelle et spontanée ni d'une réflexion après avoir lu Houellebecq, c'est de l'indifférence absolue, pure, au-delà ou en deçà du dégoût, au-delà ou en deçà de tout sentiment nommable. Personne ne saura jamais à quel point je n'ai rien à faire des marchés boursiers, de la poterie ou du syndrome d'Aarskog. Ce n'est pas, encore, une pose, ma façon de m'en foutre ne saurait servir d'argument. À l'exception des critiques d'art et de littérature, personne ne sait parler ou écrire longuement, avec science et force détails, de choses qui ne les intéressent pas le moins du monde, dont ils se fichent à en perdre raison et qu'ils oublient après, pendant, et même d'avance. Renoncer, et rebrousser chemin, enfin revenir vers ce dont on se fiche moins, mais s'en aller de *là*...

J'irai y voir, quand même. Que perdrais-je à m'y risquer? Un restant de dignité? De cet indécrottable et vieux fond de dignité qui résiste même au sens du ridicule? Je franchirai avec aisance les barricades du « périmètre de sécurité », à savoir un haut et long grillage aluminium enroulé et installé sans manière autour du site protégé. Des vigiles armés, éparpillés, chacun à un poste stratégique pour mieux braquer l'intrus, monteront la garde. Qu'est-ce que je raconte ? Ces sentinelles ne seront pas à l'affût, ni alertes, ni perspicaces, mais groggy, rendues *stones* par les antivibrations de l'objet abrutissant non identifié, *elles n'auront pas envie d'être là*, certaines quitteront leur poste de guet pour rentrer chez elles, comme par réflexe, au mépris des strictes instructions. Quoi qu'il en soit, je saurai me faufiler jusqu'au stade, j'en suis sûr, je le sens. Et je m'étonnerai que les lieux n'aient pas déjà été investis par les vandales et les délinquants, squatters, vagabonds, gauchistes. Je n'y trouverai personne, pas même une petite meute de junkies endormis par l'héroïne, et sur les parois du grand bâtiment je ne lirai aucun graffiti, ni le moindre tag, pas même un belliqueux « E.T. GO HOME ! », ni un cordial « BIENVENUE SUR TERRE », ni un indu « FUCK L'INDUSTRIE ».

* * *

Un dialogue, vite. J'étouffe. Je dois faire intervenir *quelqu'un d'autre*, ici, au creux de ce laborieux récit de vie ; une tierce personne, entendu que je suis déjà double. Mon ami Charles, qu'en les pages de ce journal je me plaisais à surnommer Nom Fictif. Convoquons Charles. Quelques bières, quatre en tout, ont suffi à m'attendrir et à m'animer. J'ai très franchement envie de voir du monde. Charles, c'est-à-dire Nom Fictif, fera office de monde. J'irai me présenter chez lui, au hasard, de nuit, comme je faisais autrefois. J'irai frapper à sa porte, j'irai le déranger, comme avant, me disant qu'il n'attend que ça. S'il n'a pas trop changé, il n'attend que d'être dérangé, de nuit, au matin presque. S'il n'a pas changé, s'il n'a pas *évolué* (mot affreux en lui-même et qui fait presque douter de Darwin), Nom Fictif a horreur des rendez-vous, des réunions, des soirées organisées. Quand on l'invite à une fête, il refuse, mais il ira tout de même. Il s'arrange toujours pour ne pas être attendu, et quand il s'y présente, toujours tard, c'est pour repartir aussitôt. Aussi vais-je passer par chez lui le plus tard possible, alors qu'il sera absorbé par ses activités solitaires, peu variées, toujours les mêmes : regarder des films, les plus mauvais, dessiner, effectuer d'interminables recherches sur Internet à propos de sujets extrêmement pointus et abscons qui n'intéresseraient qu'une douzaine d'initiés. Cela se passera ainsi : il me laissera entrer, après quelques secondes de feint agacement, et m'offrira à boire. Je refuserai d'abord, il n'insistera pas. Alors j'accepterai, m'expliquant sur ma nouvelle tempérance. Pas plus qu'un verre. Ou trois. Nous nous dirons ceci :

«J'espère que je te dérange.

– Totalement. Mais j'ai fait une découverte amusante qui va t'intéresser. Tu te souviens du film *Dark Star* de John Carpenter…

– Évidemment, mais ça remonte à loin. *Dark Star*, quelques pouilleux babas cool coincés dans une navette spatiale, avec l'espèce de mascotte extraterrestre en forme de gros ballon de plage. Et le héros mélancolique qui finit par se suicider en surfant dans l'espace sur un missile.

– Une bombe, oui. Une bombe robotisée qui s'appelle d'ailleurs Bombe. C'est à peu près ça. Tu te souviens de cette scène où les astronautes fatigués, pour se détendre, vont écouter de la musique préprogrammée, très plate, dans la salle de loisirs...

– Oui, je me souviens même du titre de la chanson : *When Twilight Falls*.

– *When Twilight Falls on NGC 891*, de Martin Segundo and The Scintilla Strings. Ce n'était pas une chanson. C'était une musique d'ascenseur, c'était de la muzak...

– Oui, une sorte de samba *cheap*, avec trompette en sourdine...

– Une bossa-nova, mon ami. Regarde. Écoute. J'ai retrouvé cette pièce de musique en fouillant sur YouTube, la version intégrale. Son vrai titre : *Spring Bossa*, d'un certain James Clarke, extraite d'un album intitulé *Man of Our Times*. Il y a une page Facebook en hommage à ce Martin Segundo qui n'existe même pas.

– Tu ne perds jamais ton temps. »

Voilà ce que j'admire chez Charles, et ce que j'aime de lui, chez lui, avec lui : il ne s'intéresse pas aux événements et reste imperméable aux grands flots de l'actualité. Stratège et magicien, il en a parlé, de *ça*, sans en parler, il l'a suggéré par détour, par effleurement, sans l'aborder de front comme le font les gens : nous n'avons rien dit de *ça*, de l'ovni, nous avons réussi à n'en rien dire. Pourtant, nous n'étions jamais très éloignés des espaces infinis, de l'au-delà... Il sait faire des tas de choses, Charles, mais s'en abstient, ne vient pas à bout de ses projets qui n'en restent jamais qu'à l'état de projets. Il est d'avis qu'avoir une idée et d'en jouir suffit amplement à son modeste bonheur, et si on l'interroge sur son emploi du temps, il répond toujours : « Je déplace ma chaise. » Car Charles, grâce à cette vieille chaise à roulettes, passe aisément, comme s'il glissait, de son bureau de « travail » à son lit ou à sa chaîne stéréo, et en sens inverse, des soirées entières, des nuits. J'aimerais pouvoir résumer ainsi mes activités d'intérieur. « Je déplace ma chaise, c'est ce que je fais soir après soir. » Mais ma chaise est de ces choses inconfortables et rigides, sans commodités telles que les roulettes et le dossier pliant, si bien que je ne peux y rester assis plus de vingt minutes sans souffrir. De toute façon, je ne tiens pas en place, je regarde la télé debout, je fais presque tout debout.

... Je me suis laissé perdre en imagination : Charles n'habite plus cet appartement décrépit de la rue Poupart. À la porte, une vieille veuve malcommode, et probablement sans autre ami que son affreux bichon, m'a bien fait comprendre qu'on ne sonne pas chez les gens à trois heures du matin. Charles a déménagé, donc. Est-ce à dire qu'il a *évolué* ? Se serait-il enfin trouvé un emploi digne de ses compétences et lui permettant d'échapper au purgatoire de la pige et aux limbes des prêts et bourses ? Ces perspectives me laissent sur une funeste impression de trahison. Non, plutôt un sentiment d'abandon, de rupture inévitable et nécessaire. En quelques mois, tout le monde a changé, j'en suis sûr, tout le monde a bêtement et docilement *évolué*. Sauf moi. Nom Fictif a évolué. Les autres noms fictifs, Julie ou Stéphane, ont tous bêtement et docilement *évolué* comme il faut. Par chance, à cette heure, il n'y a plus rien à boire nulle part. Pas saoul et sans le sou. Ce n'est pas une façon de parler, je n'ai plus aucun sou. Vraiment aucun sou.

Promenade de nuit. Ai croisé ce clochard, le même. Le même qu'ici, que d'habitude, le même qu'ailleurs, modèle universel, pareil dans toutes les métropoles, clochard « classique », ce fameux hère des romans, qui, écrit-on, erre à tâtons, l'air hagard et vêtu de haillons ; celui qui parle aux arbres et hurle à la lune dans la rue ou en plein désert : « Seigneur, pourquoi m'as-tu abandonné ? » Ai croisé ce pauvre diable, donc, qui d'une voix forte et rugueuse déclarait à une foule imaginaire : « Je *suis* ce qui *est* ! » J'ignore ce qui m'a retenu d'aller le conforter : « Moi aussi, mon frère, moi aussi ! »

* * *

À la télévision ce midi, c'est du lourd, c'est du grave, c'est du branle-bas et même du mondial : parades de présidents, cortèges de ministres, véritables défilés de généraux, de commandants, de diplomates, tambours et cornemuses ; carnavals de biologistes, fanfares d'ambassades, de parlements, de Nations unies ; rencontres, colloques, huis clos, déclarations, pourparlers, conférences au sommet, réunions forcément extraordinaires, discours à n'en plus finir. Et, à côté, en retrait, dehors : mascarades de socialistes, d'anarchistes, de détracteurs du Complot, d'apôtres et d'illuminés de toutes sortes. Des gens « en lutte » qui savent profiter de la situation pour se faire entendre. Les images sont laides et le son est mauvais. Je plains les traducteurs qui, de vive voix et en direct, doivent sur-le-champ rendre tout ce babil à peu près cohérent. L'heure est au drame, doit-on comprendre. La planète est en mode panique sans que personne sache précisément pourquoi, pourquoi aujourd'hui plus qu'hier. La chose n'a pas remué d'un foin.

Grattant méticuleusement le fond des poches de tous mes horribles et vieux pantalons, de toutes mes vieilles chemisettes délavées, de tous mes vieux vestons affreux, de tous mes vieux sacs informes, j'ai pu dénicher et réunir en petite monnaie la somme de trois dollars, très exactement, soit le prix demandé pour deux cannettes d'Old Milwaukee Dry. Merci, journal, de me laisser librement témoigner d'une si pauvre joie.

Ce qui ne m'ennuie pas me déplaît ou m'irrite. Je me suis laissé apprendre ceci tout à l'heure, encore par la télé : contre toute attente et contre toute appréhension, l'eau ne semble avoir aucun effet sur la plante cosmique, c'est-à-dire que celle-ci ne se met pas à pousser comme de l'herbe à puces au contact de la pluie et qu'elle paraît même très peu perméable. Un biologiste – le même – expliquait à propos de la chose qu'elle est comme une plante, mais «pas vraiment». Je n'ai pas cru bon d'écouter davantage. Parmi les myriades d'autres choses qui ne me disent rien dans la vie et pour lesquelles je n'ai aucune intelligence ni aucune affinité, j'inscrirais, très haut sur la liste, la biologie végétale, la politique et la science-fiction, et m'y voici plongé par trois fois. Qu'ai-je donc fait pour mériter cela ? Je mens un peu, la science-fiction m'a longtemps diverti en des heures où j'en avais le plus besoin, où j'étais encore vraiment apte à l'évitement et à un minimum de poésie. Mais vient cet âge (et ce handicap) désastreux et définitif où l'on se demande : *À quoi bon inventer ?* Ce monde-ci est une erreur et c'est *le seul* monde. Alors, pour quel bien en imaginer d'autres qui ne nous feront même pas oublier celui-ci ? Les auteurs, les artistes, tous et qu'importe leur mode d'expression, mais à plus forte raison les écrivains, devraient s'en tenir au quotidien, au réel, et ne jamais parler que d'eux-mêmes, jusqu'à nous dégoûter pour toujours de l'art et de la littérature.

*   *   *

Je ne sais trop ce qui m'a pris, hier et tard dans la nuit, d'entreprendre le rangement de mes affaires.

D'où m'est venue cette compulsion, cette rage de tri ? De tri, et de tribunal : jeter ceci, après procès et jugement, épargner cela, pardonner ou honnir, vendre cela ou conserver ceci. Ces vieilles lettres, ces Polaroid, ces artefacts intimes. Et les autres choses, surtout, ces livres, ces disques, vinyle et laser, ces VHS, ces DVD, ces objets achetés, donnés, empruntés et jamais remis, volés parfois. J'irais revendre toute cette pacotille *hipster* qui serait refilée par des *hipsters* à d'autres *hipsters* pour cent fois le prix. Toute cette brocante issue des usines à « produits culturels » et possiblement récupérée par d'autres agents de « production culturelle », pourquoi décider de son sort maintenant ? L'urgence de « faire quelque chose », je suppose, en ces moments dits cruciaux et où il semble qu'on doive « faire quelque chose » et quoi que ce soit. Un commentateur emporté, parlant de lui comme d'un « citoyen concerné », le répétait au forum radio ce soir : « Il faut faire quelque chose ! Il faut absolument faire quelque chose ! Le gouvernement doit faire quelque chose ! Il doit absolument faire quelque chose ! Quelque chose doit être fait ! » Du ménage, voilà ce que je fais. Toujours est-il que j'ai trouvé, ménage faisant, au fond d'une boîte, sous mon lit, n'y cherchant sans espoir qu'un peu de monnaie égarée, la moitié d'un gros joint plié et tassé dans un étui à lunettes, un mince mégot tordu et aplati. Cet échantillon de marijuana, reliquat d'une époque pour moi révolue, est probablement défraîchi et sans principes actifs, sans pouvoir d'attraction. Mais qu'en sais-je ? Je garderai précieusement cette pincée d'herbe magique que je fumerai et dont j'essaierai de tirer quelque bienfait en temps voulu, rien ne presse, la vie est longue, surtout ces temps-ci.

* * *

Interview léthargique au journal télévisé. Du remplissage, comme on dit : un éminent docteur, d'une impeccable éminence, en tout point éminemment éminent, évoque les risques, depuis la venue de l'ovni, d'un « choc traumatique collectif » aux effets socialement inquiétants et économiquement contre-productifs. En moins d'un mois, trop de citoyens ne vont plus travailler avec assiduité, prennent congé sans prévenir, retirent de bonnes sommes de leurs comptes par mesure préventive, piochant dans les régimes. L'éminent psychiatre parle d'un « laisser-aller général », d'un « relâchement irresponsable » et, dans l'ensemble, d'un « ramollissement du vouloir » (encore cette *acrasie*). Bref, confrontés à des choses invraisemblables et pourtant bien réelles, les citoyens se sentent autorisés à se défausser de leurs devoirs habituels et de leurs obligations journalières, comme ils le font ou le feraient en cas de tempête, de grand froid, de canicule, de séisme, de peste ou de bombardement. « Ce ramollissement de la volonté face à un événement bouleversant, hors des limites du normatif, peut mener à une sorte de pandémie de dépression et, si on n'agit pas rapidement, à une vague de suicides sans précédent au Québec. » Promesses, encore, mirages et faux espoirs. Le suicide… Il n'y a que deux façons d'en finir avec un journal intime. L'abandonner ou mourir. La première option me semble peu envisageable, sachant que j'y reviendrais, à ce journal, un jour ou l'autre, à la prochaine cure ou à la prochaine apocalypse. Et la seconde est hors de question pour l'instant ; à moins d'un accident ou de ce cancer qui m'attend, caché, je ne ferai pas exprès de mourir, quand même.

Magies du soir. Ah ! Ça me revient, maintenant, ça me reprend, je me souviens, c'était *comme ça* : l'esprit s'échauffe, surchauffe et s'emballe soudainement, dix minutes après l'inhalation, cependant que le corps, lui, comme englué, reste gelé sur place. Gelé, au sens de *gelée* : le corps semble vouloir se figer dans une sorte de gelée psychique, devenant gelée lui-même. Incapable de ce qu'il faut de volonté pour faire quelque geste, je me suis écrasé de mon long sur le divan où j'ai rêvassé une heure durant. J'ai eu le temps d'écrire un roman, de réaliser un film, de composer du Satie et de sauver l'Amérique, tout cela sans bouger de mon cocon. Quelle aubaine ! Je devrais recommencer à fumer, je devrais penser à troquer définitivement la bouteille contre le joint quotidien. Mais à trop régulièrement consommer de cette herbe on peut développer d'étranges tics paranoïaques. Tout à l'heure, pris d'agitation, j'ai voulu nettoyer un pan du mur de ma chambre qui me semblait bizarrement maculé de petites taches foncées. Du café, je me disais. Au bout d'un moment, à frotter et à gratter, je me suis rendu compte que j'essayais vainement d'essuyer des ombres. Enfin, je m'étonne que la substance de ce vieil échantillon éventé ait pu conserver de sa teneur en THC. Encore mais à peine fébrile, assez pour m'abandonner aux choses onanistes, j'ai voulu me faire plaisir mais, après trémoussement, n'en ai obtenu aucun. J'ai presque souffert, moralement : au plus fort de l'orgasme, au spasme et aux étincelles, j'ai vu apparaître l'ovni sur mon rideau mental. L'ovni s'était imposé à mes phantasmes pour les annihiler, je ne voyais plus que lui, je ne voyais plus que ça, cette grosse plante cosmique là-devant, me cachant tout le reste. Et, si j'ai rendu ma semence par un ou deux jets, je n'ai pas joui du tout. J'ai eu la triste impression non plus de *répandre ma semence à terre*, tel Onan le damné, mais bien de *pisser* la vie hors de moi, de m'en débarrasser comme on débarrasse un bubon de son pus. Ce n'est pas rose, ce n'est pas sain ni amusant, c'est mal écrit, c'est mauvais signe, je ne vais pas bien. Je crois avoir atteint – depuis quand, je ne sais pas – une sorte de seuil dans la pratique, excessive, de la masturbation. Si je pouvais me cloner, fabriquer une réplique conforme de moi-même, si je pouvais me dédoubler, devenir deux fois moi, je me ferais sûrement l'amour. Je me violerais. Je ne pense pas pouvoir m'enfoncer plus à fond dans l'introspection sordide.

Devrais-je oser relancer Nathalie ? Question sotte et affreusement formulée. *Relancer?* Mot de séducteur à rabais, mot *cheap*, faute de goût doublée d'un mensonge : je serais bien incapable de *relancer* Nathalie, moi qui suis même inapte aux premiers pas (aux derniers, aussi, mais c'est une autre affaire). Et pourquoi, encore, un nom fictif ? Nathalie. À quoi rime ce jeu de cachette ? Qu'ai-je tant à craindre ? Aucun crime n'a été commis, ce journal ne sera pas saisi comme pièce à conviction. Enfin, devrais-je ou ne devrais-je pas téléphoner à Nathalie ? Lui envoyer un court message, une invitation, quelque signe de vie ? Nathalie est une personne achalandée, oui, le mot est dûment choisi. Achalandée, et achalée. Toujours partie, jamais seule, rarement « chez elle » ; toujours avec un homme, chez un homme. J'ai déjà été l'un de ces hommes, l'un des siens, nombreux, mais alors c'est moi qui allais chez elle. La chose est simple et sans malice : j'aimerais parler avec une femme, parler à une femme, plus spécifiquement. À un homme, je parle comme lui, comme à un homme, je l'imite pour me grandir ou me rabaisser jusqu'à sa personne. Je préfère le son de ma voix quand je parle à une femme. Cependant, je n'ai pas ce qu'on appelle une « bonne écoute ». La parole des autres, femmes, hommes, enfants, c'est de la musique, pas très jolie, la plupart des gens ont une voix épouvantable et parlent mal. Je vais appeler Nathalie. Je vais en appeler à une femme. Demain. Trop bu, si peu pourtant, mais jamais assez non plus.

* * *

On croit rêver. Rêver n'est pas le mot juste. Pas
envie de chercher des antonymes. Toujours est-il
qu'une vedette de la chanson populaire jouit du
luxe, en ondes, devant un panel de journalistes
déférents et gluants d'admiration, de se pronon-
cer, «de son point de vue à elle», sur l'apparition de l'ovni, ses conséquences et, par inévitable
extension, sur une foule de sujets plus ou moins
connexes: l'environnement, l'ouverture à la différence, l'au-delà, l'importance d'une vie spirituelle
riche, etc. Oui, on croit rêver: «notre» Céline
nationale, à la demande des décideurs désespérés
de «notre» télévision d'État, accorde une entre-
vue; «notre» Céline Dion qui, incidemment, vient
d'annuler une série de spectacles à Las Vegas pour
venir réconforter sa petite famille au berceau natal
et adresser quelques paroles de sagesse plébéienne
aux compatriotes: «Dans l'épreuve, il faut se tenir
ensemble, les coudes serrés.» Pour moi, il ne fait
aucun doute que les gens, tous, se droguent. Mes
compatriotes. Ils prennent de la drogue, tous, ils en
consomment. Ils prennent tous des médicaments,
puisque boire et fumer est mal envisagé, que les
opiacés et la cocaïne sont illicites. Ils se dopent aux
antidépresseurs, aux somnifères, aux analgésiques.
Ou encore ils carburent au ginseng, aux boissons
toniques archi-sucrées, aux vitamines. Pire, au
yoga, au jogging, au vélo, au kéfir. Sans cela, ils se

perdraient à réfléchir et se refuseraient bientôt à tout acte. Ils passeraient leurs journées au lit, paralysés par l'absurde.

Mais on m'a bien élevé à concéder aux imbéciles comme aux méchants un minimum de compassion. Chaque individu, même le satyre ou le tyran, a son petit quelque chose, ses bons moments. Je suis convaincu qu'après une soirée arrosée chez Mussolini, certains convives sortaient ravis : « Ah ! Ce sacré Benito ! Il n'en rate pas une ! » Mais, ensemble, les gens, c'est un désastre : ils forment un monstre, et la seule idée de leur présence en grand nombre et en tous lieux, jusqu'aux confins de l'Arctique – où il est possible de trouver des pizzas et le dernier CD de Lady Gaga –, me trouble étrangement. Me relisant (faute des fautes), je ne m'entends pas. Je n'entends pas ma voix. Comme tout le monde ici, dans cette province et maquette de pays, je n'exprime verbalement mes pensées que par jurons, éructations ou bâillements. Je me pose en dandy, de manière si maladroite qu'on dirait le journal d'un cancre « rebelle » du collège Jean-de-Brébeuf. Un adolescent qui a lu, beaucoup mais n'importe comment. Pire, un « jeune adulte » qui a lu, qui lit, et qui écrit. Mais qui ne laissera pas lire, mon honneur sera sauf. Je m'en vais bouder avec ma cannette, mon paquet de vieux tabac recyclé, et les actualités en tapisserie sonore. Je crois que le Premier ministre va s'adresser à la nation. En français d'abord, puis en anglais, puis en panjabi, en tagalog et en cantonais.

* * *

Il y a trop de choses possibles à faire en vingt-quatre heures. Tout mêlé par l'embarras du choix, l'embarras des «choix de vie», je ne fais rien ou le moins possible, le moins permis. Je réduis le périple héroïque d'une «journée bien remplie» à une vacance paresseuse. Je n'ai pas le courage de l'imprévu, qui me dérange. Rien n'a valeur d'exotisme à mes yeux, aucune passion ne m'anime plus. Je me reposerais tout le temps, jusqu'à ma fin, comme si j'avais déjà, et tout seul, accompli de grands travaux pendant au moins trente siècles. Oui, je porte en moi, en mon âme et en mes fibres, une fatigue plusieurs fois millénaire. L'humanité entière devrait, dès demain, s'autoriser un long congé sabbatique : congé d'évolution, et mieux encore trêve de révolution. Ne rien changer à rien. Qu'on partage les richesses et qu'on s'y prélasse là, sur place, oisif, sans but. Vendons tout, achetons tout, jusqu'à épuisement des stocks.

* * *

Un peu de répit sur les ondes, entre deux comptes rendus des actualités et trois «émissions spéciales» – une consacrée à l'ufologie, une autre aux mystères de la magnétohydrodynamique, et une dernière au mouvement raëlien. On fait jouer du Mozart sur Radio Classique. Je n'aurais pas reconnu, mais l'animateur est formel : «Vous venez d'entendre la Symphonie numéro quarante de Mozart.» Quarante ! C'en est obscène. Deux ou trois auraient suffi largement. On peut – et même on doit – se méfier des génies, des prodiges, des champions et des prolifiques : ils réduisent nos maigres facultés à néant, ils nous rabaissent à la franche humilité, la fausse modestie leur étant exclusive. Ils nous réduisent aux prix de consolation, aux médailles en chocolat, à cette lamentable *participation* et à tous les «mieux que rien» ; ils nous obligent à donner et à verser dans l'autodérision, ils nous invitent à la mortification ou à la résignation pure et simple, et même au suicide ou à l'assassinat de masse. Enfant, j'étais douloureusement jaloux de Mozart, génie nubile qui, à 6 ans, au lieu de jouer à la marelle ou à touche-pipi avec les autres morveux de sa race dans les ruelles de Salzbourg, composait déjà ses petites comptines, encore fredonnées aujourd'hui : «Ah ! vous dirais-je, maman». À 6 ans, je ne faisais rien, j'étais sans prédisposition particulière, sans don, comme tous les enfants sains et normalement constitués. Le talent précoce, s'il est remarquable et dépasse la simple habileté, devrait être annexé aux signes cliniques des désordres mentaux infantiles, avec ceux du déficit d'attention, de l'hyperactivité et de certains syndromes du spectre autistique. Mozart devait en être affligé, et ce que son misérable rival Salieri assimilait, humilié et vaincu, à la grâce céleste ou à la bénédiction divine n'était en vérité qu'une tare, qu'un trouble envahissant du développement. Je me souviens de cette institutrice passive-agressive, sadique sous des dehors bienveillants, qui, à l'école, dans la classe de musique, nous rebattait les oreilles de « son » Mozart. « Mon petit Mozart. » Elle disait, à la blague, vouloir faire de nous ses petits Mozart. Or, je n'entendais pas la blague ou ne la trouvais pas drôle. Faire de moi un petit Mozart, de force, avec violence possiblement. Terrifiant projet, impossible tâche. À peine étais-je capable de produire des notes en soufflant dans une flûte. J'en ai beaucoup et longtemps voulu à cette vieille grébiche affectueusement vile. Et je haïssais comme mon pire ennemi son petit Mozart. En phantasme, je la lui cassais, sa petite gueule de surdoué. Je le traînais dans une ruelle et je lui faisais son affaire : « Prends ça, Mozart ! » Et je n'ai jamais jusqu'à ce jour écouté sa musique, du moins volontairement. À l'exception des hits habituels du genre *Requiem* ou *Figaro*, je ne saurais reconnaître du Mozart si on m'en infligeait. C'est donc dire que Mozart, pour moi, n'existe pas, que j'ai réussi à l'annihiler et que j'ai, en quelque sorte, gagné la partie. Mozart ? De qui parlez-vous ? J'aimerais en faire de même avec l'ovni : le rayer de mon esprit, donc le rayer de l'Histoire. Si j'en avais le pouvoir, je ferais en sorte que cet ovni (et Mozart) n'ait même, tout bêtement, jamais existé. Mais seule la fiction permet de telles opérations diaboliques de révisionnisme et de gommage. J'écris pour ne pas tuer, disait un poète, Denis Vanier, je crois. Je dirais que j'écris pour exterminer, peine perdue. La fiction seule, l'uchronie seule permet de débarrasser le monde de Mozart, de Jésus, de Hitler, d'Elvis, de Justin (Trudeau ou Bieber), etc. J'invente ici, tout de suite, un Montréal où le Stade olympique n'aurait jamais été imaginé, dessiné, érigé, et n'aurait donc pas attiré ce gros monceau de feuilles mortes qui ose passer pour une manière de vaisseau spatial…

J'en suis à ces frivoles considérations, distrait par cette bière de trop et par la radio où vocifère maintenant un jeune professeur de sociologie des médias. Je n'écoute pas, mais j'attrape des bribes au vol, j'entends des noms : il cite Žižek à tout bout de champ, avec insistance et fierté, mordant chaque syllabe, Ži-žek, ŽI-ŽEK, sachant pertinemment que l'immense majorité des auditeurs ne sait rien de cet énergumène que j'ai eu le malheur de lire en feuilletant un magazine de mode. Le prof de socio cite aussi avec générosité, pour s'en moquer ou pour chier sur eux, Alvin Toffler et Jean Baudrillard, lesquels se seraient « trompés sur toute la ligne ». Imitant son idole Žižek, le prof – un vrai *geek* – agrémente ses propos étourdissants d'exemples issus de la culture populaire, du cinéma hollywoodien et de la littérature de genre. J'entends des titres, des auteurs, des romans, des films : *Rencontres du troisième type*, *E.T.*, *Silent Running*, *Le Jour où la Terre s'arrêta*, *Le Jour des Triffides*, *Encore un peu de verdure*,

L'Invasion des profanateurs, *La Chose d'un autre monde*. Lovecraft, Wells, Spielberg, Emmerich, Carpenter, etc. Il sait de quoi il parle, le prof, lui seul d'ailleurs se comprend qui s'amuse à tout confondre et mélanger dans l'unique but d'éviter les lieux communs ou de passer pour un enseignant intellectuellement rabougri et cantonné dans la connaissance universitaire. C'est un véritable feu roulant de références, avec une flopée de renvois, de raccourcis, d'analogies incongrues et de liens tarabiscotés. Je n'aurais pas fait mieux dans le grotesque, je n'aurais parlé que de Moi.

Longue promenade apaisante dans les rues très peu vivantes de mon quartier d'habitude si grouillant. Les nombreuses églises, déjà vidées de leurs brebis depuis près d'un demi-siècle, déjà laissées à l'abandon et parfois même à la décrépitude, paraissent plus encore vétustes et délaissées. Un touriste extraterrestre venu faire du shopping se demanderait ce qu'on pouvait bien y vendre autrefois. L'envie me prend souvent d'y entrer, dans cette église ou dans celle-là, il y en a tant à Montréal, «ville aux cent clochers». (Seulement cent? Twain, qui a dit ça après un séjour ici – ou est-ce Emerson? Édith Piaf? –, ne savait pas compter.) J'irais souffler quelques lampions, ni vu ni connu. J'irais cracher au visage du Christ ou de la Vierge Marie, mais ce serait puéril, vain et totalement *out*: on ne choque plus personne à souiller les images pieuses, les choses du culte mille fois salies et piétinées dans l'euphorie sacrilège. Il n'y a plus rien à tirer du blasphème, aucun plaisir

démoniaque, aucune satisfaction, aucun soulage-
ment. Et on ne brave aucun interdit à calomnier les
saints, les Thérèse, les papes, les prêtres, les curés.
Sans risque de représailles, on peut très allègrement
vomir à la face du Christ. Célébrer en toute foi les
glorieux mystères de la transsubstantiation, ce serait
autrement pervers. Comme dirait l'homme de la rue,
c'est là qu'on est rendu.

Je dois souffrir de nostalgie ectopique car, à la
vue de ces églises, de cette église-là en l'occur-
rence (Saint-Eusèbe-de-Verceil, rue Fullum), je
me surprends à regretter ce dont je n'ai même
pas eu besoin de m'affranchir. Qui suis-je, moi,
le non-baptisé, le bâtard de Dieu, pour éprouver
quelque frisson que ce soit devant une succursale
du Vatican ? Je n'ai été témoin que d'une seule
messe, celle de Noël, en 1997. Jadis, devant un
signe de là-haut, les masses fidèles se seraient ruées
par centaines vers les temples ou chaque paroissien
vers l'église d'à côté, pour une confession finale
et sommaire auprès d'une personne du culte ; une
ultime prière, croyant venue l'heure du Jugement
dernier. Le ciel ne nous tombe-t-il pas sur la tête ?
Je dirais qu'il me tombe surtout sur les nerfs, mais
j'en fais mon problème, très personnel. Entre le ciel
et moi, c'est une affaire de pleutres.

* * *

Tous ces concitoyens *camera-friendly* se sont
déplacés par dizaines pour s'assembler au plus près

possible du stade, au plus proche des pieds (si j'ose dire) de la plante céleste. Que viennent-ils chercher ? Espèrent-ils une transe collective ? Le sacrifice d'une vierge ? La descente du vaisseau-mère venu récupérer sa fougère ? Attendent-ils l'apparition d'un Jean-Paul II ressuscité ? Ils prennent possession des lieux, ils s'installent, on dirait ces oisifs «indignés» d'*Occupy Wall Street*. Les plus tenaces, c'est-à-dire les chômeurs, les étudiants et les drogués, vont y passer l'été, sûrement, jusqu'au retour en classe, jusqu'aux premières rousseurs de l'automne, jusqu'à la première bordée de neige. Tout à leur aise et envers les règlements, ils bricolent des campings de fortune et montent des tentes dans les parcs adjacents, les espaces perdus, les parkings; ils apportent des chaises pliantes, des édredons, des courtepointes, des oreillers, des réchauds, des radios, du café, des bouteilles d'eau, de la nourriture, comme s'il en allait de leur survie, les voici devenus des Syriens dans un camp de migrants. Romantiques, ils aiment cette sourde ambiance de tension, d'incertitude avec possibilité de dénouements violents; ils jouissent à fond de cette situation d'inconfort et de précarité entièrement créée par eux, voulue par eux, choisie, organisée, absolument artificielle, chacun étant évidemment libre de rentrer à la maison quand bon lui semble et de se livrer calmement à ses vains délassements devant l'écran, comme je le fais en ce moment, confortable et indifférent.

J'aimerais que cet ovni soit un couvoir duquel émergerait un œuf. Après éclosion, on verrait s'échapper des guirlandes de petits, entortillés par milliers. On assisterait sans le savoir à la naissance d'une race nouvelle, supérieure, transportée jusqu'ici depuis une exoplanète pas si lointaine. Et ce serait l'avènement sur Gaïa de l'ère des Reptiliens tels que décrits par Brad Steiger dans *Les soucoupes volantes sont hostiles*. L'humanité serait bientôt anéantie par les hommes-iguanes ayant grandi, ayant *évolué*, s'étant formés en société, en une civilisation surpassant la nôtre à tous les points de vue. Une poignée d'hommes et de femmes, rassemblée par un sage noir (Morgan Freeman), un ancien marine (Michael Fassbender) et une amazone post-punk (Jennifer Lawrence), formerait le dernier clan des *Homo sapiens*. Musique de Hans Zimmer.

* * *

Le Stade olympique de Montréal est, de conception et comme bâtiment, en forme de cuvette cyclopéenne prête à recevoir les étrons du grand Cthulhu ; le Stade olympique est une plaisanterie. Je ne m'y connais pas, mais s'il existe l'équivalent architectural d'un calembour ou d'un mot d'esprit, ce stade en est la concrétisation architectonique et matérielle, faite acier, faite béton, faite câbles et poutres. Mais personne, personne « du peuple » n'est apte à saisir le sens ou la portée de cette création insolite, hormis quelques choisis d'une clique d'initiés ; ce stade est un gag d'inspiration rosicrucienne ou dadaïste, surréaliste (stade anal), enfin une farce confidentielle et sectaire, une bonne blague de franc-maçon. Je ne peux pas penser autrement, même m'y forçant. Pourtant, je l'aime bien, le Stade olympique de Montréal. Plus exactement, je ne parviens pas à le haïr malgré ses fragilités et défaillances, son coût faramineux, son toit volage, sa mauvaise réputation, malgré l'espace qu'il vole, cette place qu'il prend, cette part d'histoire qu'il accapare, ce temps perdu, le fait qu'il attire des touristes qui seront forcément déçus, comme ils sont déçus par le West Edmonton Mall, par la tour CN de Toronto ou même par la tour Eiffel. Mais j'aime le stade en ce qu'il éveille en moi, pour des raisons qui m'échappent, quelques émotions spéciales : inquiétude, agitation et mélancolie mélangées – ne me viennent que ces mots-là. Je n'y vais jamais, au stade, n'y suis entré qu'à deux reprises – le cirque des Shriners et, des années plus tard, un concert de Pink Floyd, j'étais sans poil et puceau. Mais je passe souvent devant le stade, à côté, je le frôle, avec une certaine régularité, sans porter grande attention ni à l'édifice ni au site, depuis trente ans, je le rase et je tourne autour, à pied ou à vélo, itinéraires et destinations obligent. Cet endroit m'a toujours *appelé*, au sens chic, au sens de *convoquer*. Il me semble, y pensant mieux, avoir toujours été obscurément *appelé*, au sens chic, *convoqué* par le Stade olympique. J'irai, je vais y aller, j'irai y voir. Il est, je crois, possible et faisable d'accéder directement aux sous-sols du stade par les tunnels du métro. Quelque part, il me semble, entre les stations Pie-IX et Viau, une porte (plusieurs, sûrement), à l'usage exclusif des employés de maintenance, s'ouvre sur un petit dédale d'allées dont l'une mène aux bas étages du bâtiment. Je me souviens d'un très vague ami, camarade de classe vantard et dissipé, qui avait réussi l'exploit de s'introduire dans le stade par l'une de ces entrées. Aujourd'hui, cet accès doit ou devrait ou devra être condamné pour toujours. Ou il est sous haute surveillance, avec caméras, micros et détecteurs de mouvement, toute cette quincaillerie déployée au nom de la sécurité nationale. On appelle ça le progrès, tout est désormais filmé, fiché. Ça ne fait rien. Je vais y aller quand même, j'irai y voir. Demain. Je me le jure.

* * *

Et me voici comblé depuis ce matin d'une joie immense, cochonnée par l'angoisse : la joie et la quiétude en moi ne coexistent jamais, la première suscitant immanquablement un état propice à la crise de panique ou – et c'est presque mieux – à la plus complète dysphorie, et je me trouve alors émotionnellement paralysé, donc incapable d'allégresse, pas même d'atterrement, je ne suis plus que tension. Mais il y a joie, quand même, un peu, aujourd'hui : on s'en fait pour moi ! On s'inquiète et s'enquiert. Ma santé, mon humeur, où suis-je, que fais-je : « Quoi de neuf, camarade ? » Véritable débordement d'empathie, aussi choquant qu'inattendu. Une vingtaine de messages dans ma boîte de mails. Inattendu ? Je n'espérais que ça ! Mais comme l'ovni magnifique, cette charge d'affection arrive trop tard, m'arrive trop tard, j'ai trop *voulu*, trop à m'en fatiguer pour des années. Le problème, grave, est qu'ils – mes amis, parents, proches – se sont tous manifestés en même temps, en un petit paquet : Nathalie, Charles, Isabelle, Jean-François et d'autres noms fictifs. Non, pas tous en même temps, mais presque, et tous, comme s'ils s'étaient donné le mot : « Et si on lui écrivait un message ? Ça fait un bout qu'on n'a pas eu de ses nouvelles. Que devient-il, notre brave diariste ? Toujours le nez dans le trou de son cul ? » Ils attendront comme ils m'ont fait languir, ces fictifs, ces inexistants qui se remettent à poindre au mauvais moment. Car j'ai à faire. Demain. Cette fois, c'est vrai, j'irai. Sur ma propre tête.

* * *

Et voici, pour ma seule jouissance et mon exclusif souvenir, le risible récit de mes imprudences souterraines dans les méandres du métro de Montréal. Car j'y suis allé, me l'étant promis, ici même, et par trois fois. Je m'étais d'abord assez facilement organisé, l'entreprise n'exigeant pas le transport d'un équipement lourd : une bouteille d'eau, un sachet de « noix du campeur », trois cigarettes et un petit calepin et son stylo assorti. J'y suis entré comme de rien, dans ce dédale labyrinthique de la Société des transports. Il ne m'aura fallu, justement, que de n'avoir l'air de rien, que de me déguiser en rien, que de me faufiler et m'immiscer, mine de rien, à la barbe des agents de sécurité. Je viens d'écrire « dédale labyrinthique », un beau tour pléonastique, mais je ne le pensais pas. En vérité, je n'ai parcouru qu'un étroit et long couloir encastré dans un flanc du tunnel principal, un corridor de service, pour aboutir à un petit escalier grimpant vers une grosse porte, négligemment déverrouillée, qui donne accès aux spacieuses entrailles du Stade olympique. Et j'y ai pénétré, m'y suis promené à ma guise, pépère, en visiteur libre. À gauche, à droite, d'immenses salles remplies d'imposantes tuyauteries, de générateurs, de turbines, de tableaux de contrôle, de compteurs d'électricité et autres machines infernales. Aucune sentinelle à l'horizon, pas même un vieux porte-clés moustachu et bedonnant assis quelque part à regarder la télé, faisant mine de surveiller les lieux. Je m'y trouvais absolument seul. À un moment, j'ai bien cru apercevoir quelqu'un, au fond d'une pièce jonchée de boîtes et de planches, et je me suis adossé au mur comme pour m'y fondre, tâchant de me faire le plus plat possible, sot projet. Au bout d'un long moment de crispation, je me suis rendu compte que cette ombre humaine n'était en fait qu'un grand rouleau de toile appuyé contre le mur dans un coin. Zéro suspense. J'ai quand même eu du bon temps, solitaire et sous la terre, j'ai traînassé, rêvassé, j'ai même grillé une cigarette, regrettant en l'allumant de n'avoir apporté rien de plus stimulant à fumer, ni rien à boire que de l'eau plate. Puis j'ai trouvé un endroit où m'asseoir, près de la porte menant sur la piste du stade, sous un néon défectueux. J'ai sorti mon carnet et griffonné ce qui suit, et dont je parviendrais difficilement, même après examen et cogitation, à saisir le sens :

« Je comprends tout, et je ne comprends rien. Bizarre impression d'être enfermé au Musée d'art contemporain. »

Voilà pour mon reportage sur les lieux. C'est une chance pour tout le monde que je ne sois pas devenu journaliste. Combien de temps suis-je ensuite resté assis là, sur le pas de cette porte, je ne saurais dire. Pas plus de vingt minutes, je me connais, je n'ai aucune patience. J'ai le vague sentiment d'y avoir dormi un peu, mais je me trompe sûrement. Étais-je sous hypnose ? Je me rappelle avoir bougé à quelques reprises, me levant d'un coup, piétinant, tendant la main vers la barre antipanique de la porte, me ravisant, me rasseyant, puis me relevant de plus belle, etc. J'avais le trac. Devais-je pousser cette porte ? Ne pas ? J'ignore aussi ce qui m'a convaincu de m'en aller une fois pour toutes et d'en finir avec cette petite valse-hésitation. J'ai parcouru tranquillement, en sens inverse, le « dédale labyrinthique», et je suis ressorti de ces catacombes pour marcher jusque chez moi et m'écraser pour trouver rapidement sommeil devant la télé. Je crois qu'on y passait un vieux documentaire sur Hiroshima. Fin de mes aventures.

Juin

Malaise et déprime: il ne s'agirait pas d'un ovni. Enfin, pas d'un ovni au sens commun, au sens où on se plaît à l'entendre, car si l'objet volant et non identifié correspond justement à la définition première de l'acronyme «ovni», il n'a rien d'extra-terrestre, rien de cosmique. Cet étrange amas tissé de matières et de substances végétales et gazeuses, ce truc, ce machin, cette jungle de gazon bruni, cette *patente* qui ne vole même pas mais flotte niaisement comme un flocon à la surface d'une flaque, ne proviendrait pas de ce ciel ni d'un autre, mais d'ici-bas. Voilà, ce serait une plante terrestre, terrienne, plante d'une variété éléphantesque et inusitée, mais d'origine «locale», un produit certifié «bien de chez nous», en quelque sorte. Les experts en parlent comme d'un amalgame bizarre de formations végétales, certaines proches de la famille des fabacées (luzerne) et des cannabacées (houblon, chanvre, merveilleuse et troublante coïncidence). Et si elle «vole», si elle flotte, c'est qu'elle produit du gaz, c'est qu'elle se consume intérieurement, tout doucement, par les effets combinés des rayons du soleil et de la chaleur urbaine. C'était dit à peu près comme ça à la télé, j'ai retranscrit vitement. On peut donc proposer l'idée que cette chose est vivante, donc mortelle, qu'elle n'en a pas nécessairement pour longtemps, qu'elle finira peut-être desséchée par autocombustion lente et qu'on aura de la farine pour tout le monde. Quant à savoir pourquoi la plante a cru bon de s'installer au-dessus du Stade olympique, ce monument dédié à la gloire du corps humain, à la gloire d'Athènes et de Rome, la question a trouvé réponse en ces paroles d'un autre expert : « On ne sait pas. Chaque plante cherche son pot, je suppose. » Ah ! Le bel esprit des biochimistes.

Désenchantement absolu, donc. De qui se moque-t-on ? De quelle autorité vient-on aussi cruellement briser nos espoirs et nos illusions ? À quoi rime cet affront ? Pourquoi nous a-t-on fait miroiter l'existence de la vie hors de la Terre avec tant d'insistance et d'excitation ? Des excuses ! On nous doit excuses et dédommagements ! Il ne fait aucun doute pour moi que la science dite pure est un grand mal, les sciences dites pures atrophient toutes les magies de la terre et du ciel pour en faire des élucubrations algébriques incompréhensibles à qui ne souffre pas du syndrome d'Asperger. Le progrès, cette « grande hérésie de la décrépitude » (je crois que c'est de Baudelaire ; si c'est de Moi, on m'en félicitera un jour), n'apporte toujours que des vérités humiliantes et désastreuses en remplacement de mensonges glorieux et fous. Et voilà pourquoi tous les enfants du monde entier haïssent et craignent les écoles depuis l'aube des cultures et l'acquisition des premiers savoirs. En ce qui me concerne égoïstement, je ne vois aucune raison de m'affliger de ce que l'ovni ne soit finalement qu'un phénomène naturel, certes jamais vu jusqu'à maintenant, mais une autre manifestation impressionnante de *ce qui peut et se peut* – l'orage, le volcan, le raz-de-marée, le séisme, l'éclipse, l'ascension de Donald Trump – et qu'on ne peut plus expliquer, la science ayant égalisé les mystères, par la colère divine, le miracle ou la venue d'êtres issus d'une autre dimension. Non, je ne m'afflige de rien, au contraire je me sens libéré d'un accablant fardeau et d'une responsabilité intenable, d'une mission impossible. Témoigner de *tout ça*. Quel bagage! Comme si un jour, au sein d'une future humanité, comme si après *tout ça*, avec *tout ça*, on allait chérir mon témoignage, le mien, avec attention, comme un récit rare et digne d'être ajouté à une version augmentée des Saintes Écritures. OUF! Je n'aurai rien vu et, tout bien considéré, l'ovni n'étant plus qu'une affaire terrestre, une autre affaire classable et bientôt classée, il ne se sera presque rien passé. Je me trouve donc enfin exempté de rendre des comptes à propos de ce qui apparaît maintenant comme un non-événement. OUF! Que de temps perdu que j'aurais pu employer à l'entretien de mon jardin intérieur! Mais – et je cite ici, encore, Leopardi, pour citer Leopardi: «Entrez dans un jardin peuplé de plantes, d'herbes et de fleurs. Vous ne pourrez poser les yeux nulle part sans y découvrir quelque tourment. » Sur ce…

* * *

Il est dommage que ce long *rapport* échelonné sur une longue période de vingt années, souvent interrompu, puis repris suivant les conseils des psys, il est dommage que ce journal ne soit pas (ne soit plus) de papier, j'en imbiberais les pages d'un poison mortel, comme les cénobites trop curieux du *Nom de la rose*. Ainsi j'y penserais à deux fois avant de l'ouvrir pour le relire ou pour y écrire de nouveau, je serais forcé de porter des gants spéciaux, conçus expressément pour ce genre de manipulation hasardeuse. Cet accessoire prophylactique m'empêcherait de tenir convenablement un stylo, rendant l'écriture ardue, inconfortable, idéalement impossible. Mais je ne posséderais pas de tels gants de toute façon, ne sachant ni où ni comment me les procurer, n'ayant pas envie d'entreprendre les démarches nécessaires à cette fin. *Je laisserais mon journal là*. Et je ferais quelque chose de ma vie. Mais ce journal est mon seul et dernier refuge, il devra redevenir papier, facilement destructible en cas de menace. Tout journal intime devrait être de papier, sinon, ce qu'on écrit sur l'ordinateur, par l'ordinateur, TOUT ce qu'on y écrit se retrouve ou se retrouvera immanquablement quelque part au fin fond des archives insondables de la NSA et dans les classeurs du Grand Frère. Il ne faudrait jamais écrire que pour soi, et dans des cahiers à brûler, plus tard, dans un feu de joie purificateur.

Ce matin, la plante s'est désagrégée, dissoute, puis envolée en millions de flocons par le vent, un peu comme les pissenlits tout gonflés qui partent en aigrettes au moindre souffle. Ce petit numéro, cet effeuillage aussi soudain qu'imprévu, a duré moins de cinq minutes, échappant à la vigilance des reporters, professionnels ou improvisés, qui n'ont pu en capter que des images opaques, mal cadrées, sautillantes, du moins à ce qu'on en voit à la télé. Mais ce qu'on y entend, en anglais surtout, ne laisse planer aucun doute : « *Oh! My God! This is happening! This is totally fucking happening right now!* »

J'aime à croire que je n'y suis pas pour rien. En fait – disons les choses en toute franchise et candeur –, j'y crois vraiment, sans aucun recul, sans la plus petite gêne. *C'est Moi.* J'y suis pour tout. Par la seule puissance de mon esprit, en ma qualité de repoussoir, j'ai provoqué cela, je suis l'unique agent causal de cette rétrogression implosive de la chose. Oui, *c'est bien Moi.* Gravement incommodée par ma venue, la plante s'est mise à se dessécher subitement, s'est émoussée, puis volatilisée en moins de vingt-quatre heures. Morte d'ennui. Non, pas morte, enfuie, *me* fuyant, pour finir par se fuir elle-même, d'où sa désagrégation suicidaire. Cela me paraît tout à fait limpide. Lutte ultime entre deux inerties, match nul. Nul au sens d'annulé, d'avorté, au sens juridique de « nul et non avenu », et au sens commun de nul à chier. Match raté, donc, mais pour un poids plume, je m'en suis plutôt bien tiré. Depuis ce matin je me pince, me gratte et me palpe nerveusement, par accès frénétiques, surpris presque d'être entier. Je ne me suis pas effrité, je ne vois sur mon corps aucun signe d'un dommage majeur et soudain, aucun morceau ne manque, je suis complet, et toujours là. Aurais-je tout de même gagné la partie ? Aurais-je donc *anéanti le Néant* ? Drôle d'exploit.

* * *

Trois jours et trois nuits ont passé depuis la désintégration instantanée du «couvercle» qui porte aussi les amusants sobriquets de «bouchon», «capsule» et, chez les anglophones, de «*gasket*». Suis-je seul à ressentir et constater ce climat, dominant partout dans Montréal, de langueur et d'indolence dont on ne semble pas, dont on ne semble plus faire grand drame ? On n'en dit à peu près rien dans les médias officiels. Personne ne paraît s'inquiéter (ou se réjouir) de ce phénomène. Ou alors tout le monde est affecté. La chose s'est évanouie, certes, mais il en reste comme l'aura, la vibration. C'est ce que je crois et veux comprendre. Certains signes ne mentent pas, un changement s'est produit, la ville entière fait la pause, et ses citadins paraissent distraits, engourdis, cela se voit dans les yeux, vides et légèrement rougis, des passants, cela se voit à leur démarche nonchalante et à leurs gestes ralentis. Aux actualités, on fait état de comportements imprévoyants et de situations fâcheuses : menus oublis et négligences, ratés sans conséquence, quelques manquements graves aussi, dus possiblement à l'inattention, au défaut du jugement ou de l'organisation. Hier soir, par exemple, les pompiers de la caserne 48 ont été lents à aller combattre un incendie qui, normalement, n'aurait pas dû décimer tout un pâté de maisons de la rue Ontario. Autres signes, plus personnels : le propriétaire ne m'a pas réclamé le loyer impayé du mois dernier. Et, depuis l'apparition de l'objet en ce fameux 10 avril, jusqu'à sa volatilisation mardi dernier, les cerbères de l'impôt n'ont pas cherché à me joindre par téléphone, et je ne reçois plus dans mon courrier leurs menaçants avis de redressement fiscal. Plus heureux encore, je constate qu'une somme substantielle de 224 dollars a été ajoutée aux dernières prestations mensuelles de l'aide sociale. Quelque chose ne tourne pas rond quand le gouvernement révise à la hausse le montant des allocations. Enfin, les chaînes de télévision nationales – étatiques et privées – repassent des quiz, des émissions d'affaires publiques de 2014, des feuilletons désuets tels que *La Vie, la vie*, *Le Monde de Charlotte*, *Les Super Mamies*, ou des reprises de savonnettes américaines comme *Ally McBeal*, *Beverly Hills 90210* et *Alerte à Malibu*. Enfin, signe qui dit tout, j'ai depuis peu accès à Internet haut débit, gracieuseté d'un voisin maghrébin peu scrupuleux, analyste-développeur chez Microsoft Canada, à qui j'ai donné tous mes CD en échange d'une boulette de haschich.

Plus j'en apprends à propos de cette plante, plus j'aimerais en savoir moins, jusqu'à oublier son bref mais remarquable séjour ici et son existence éphémère. Les scientifiques, ai-je entendu à la radio, lui ont accordé la faveur d'un fort joli nom, gréco-latin et très long, mais je n'irai pas consulter Google. Il y aura pollinisation, ensemencement. Oui, il y en aura d'autres, de ces plantes. Il y en aura partout qui apparaîtront au-dessus de tous les stades de toutes les métropoles du monde entier. Les stades ou les grands monuments, les cathédrales, les terrains de football, les pyramides, le Sphinx lui-même, la Muraille, la Maison-Blanche évidemment, Versailles, le Colisée de Rome, l'île de Pâques, Disney World...

* * *

Me suis relu. Aurais pas dû. Me suis relu avec attention. Aurais pas dû. Ce qui rend sérieux mène au pire. Humanité ? Devoir ? Esprit de sérieux ? Ce qui rend sérieux est dangereux pour le sang, très vite on s'en fait du mauvais et très vite on devient méchant. *Il juge le monde trop boueux pour être exprimé dans des propos sérieux* : près de 400 ans avant le Christ, Tchouang-tseu parlait déjà de Moi. Je ne vais jamais cesser de tout ramener à Moi, de tout rapporter à Moi. Jamais. Comme le nouveau-né en tous points détestable et répugnant, mais à qui je ne peux que donner raison, quoique la raison n'ait rien à voir avec la vérité : l'univers est le prolongement éternel et infini de mon être. *Je suis ce qui est, ce qui fut et sera.* Cela me fait déjà tout un programme, qu'on me laisse donc libre de vaquer à l'aise.

Ai osé relancer Nathalie – oui, *relancer*, ce sale mot de tombeur – qui n'était pas là, qui n'y est plus et n'y reviendra pas. Au téléphone, on, je ne sais qui, m'a dit que Nathalie ne vit plus « chez elle », mais qu'elle habite et habitera dorénavant « chez eux », jusqu'à ce que mort s'ensuive, ai-je cru deviner. En couple, et cette fois c'est vrai et pour de vrai. Du solide, du « long terme ». Elle s'est mariée, j'en suis certain. Elle s'est mariée à l'église et devant Dieu, par paresse, pour faire taire et satisfaire une belle-mère. Dès que j'ai le dos tourné, tout le monde se met à avoir des illusions de grandeur. Cette dernière sentence serait de Jules César ou de Han Solo, je ne sais trop…

COMPOSITION ET MISE EN PAGES
NORD COMPO À VILLENEUVE-D'ASCQ

CET OUVRAGE
A ÉTÉ ACHEVÉ D'IMPRIMER
PAR L'IMPRIMERIE FLOCH
À MAYENNE EN DÉCEMBRE 2016

N° d'impression : 90457
Dépôt légal : décembre 2016
Imprimé en France